Lynn Austin

DIE ANDEREN WEIHNACHTSWÜNSCHE

Lynn Austin

DIE ANDEREN WEIHNACHTS-WÜNSCHE

Francke

Über die Autorin:

Lynn Austin ist eine weltweit bekannte Bestsellerautorin. Mit Titeln wie »Die Apfelpflückerin«, »Luisas Töchter« oder »Im Sand der Erinnerung« schrieb sie sich in die Herzen ihrer Leser. Sie wurde für ihre historischen Romane achtmal mit dem Christy Award ausgezeichnet, dem bedeutendsten christlichen Romanpreis in den USA, und ist eine gefragte Rednerin bei Tagungen und Konferenzen. In Deutschland gilt sie als die beliebteste christliche Romanautorin. Lynn und ihr Mann haben drei Kinder großgezogen und leben in Holland, Michigan. Mehr erfahren Sie unter www.lynnaustin.org.

FSC
www.fsc.org
MIX
Papier aus verantwortungsvollen Quellen
FSC® C014138

Bibliografische Information der Deutschen Nationalbibliothek
Die Deutsche Nationalbibliothek verzeichnet diese Publikation in der Deutschen Nationalbibliografie; detaillierte bibliografische Daten sind im Internet über http://dnb.dnb.de abrufbar.

ISBN 978-3-96362-289-2

Originally published in English in the U.S.A. under the title:
The Wish Book Christmas

Deutsch von Dorothee Dziewas
Umschlagbild: © shutterstock.com / T.Den_Team
Umschlaggestaltung: Francke-Buch GmbH / Marion Schramm
Satz: Francke-Buch GmbH
Printed in Czech Republic

www.francke-buch.de

Für Lyla und Ayla

Denn uns ist ein Kind geboren!
Ein Sohn ist uns geschenkt!

Jesaja 9,5

Prolog

Dezember 1951

Bobby Barrett stieg aus dem Schulbus, mit dem er vom Kindergarten nach Hause gefahren war, und sein Fuß versank in einem Haufen frischen Schnees. Etwas davon drang in seine Schuhe ein und durchnässte seine Socken, sodass ihm kalt wurde. Er konnte sich nicht daran erinnern, dass es zu Hause in England, wo er geboren war, jemals so viel Schnee gegeben hatte.

»Super! Es schneit wieder!«, jubelte sein Freund Harry Dawson, während der Bus davonfuhr. »Wenn du die Zunge rausstreckst, kannst du damit Flocken auffangen – guck mal, so!«

Bobby sah zu und ahmte dann Harry nach, indem er den Mund weit aufriss und die Zunge herausstreckte.

Er war erst vor eineinhalb Jahren mit seiner Mutter nach Amerika gezogen, aber Harry lebte schon hier, seit er ein Baby gewesen war. Er brachte Bobby immer wieder neue Dinge bei.

Schneeflocken fielen vom grauen Himmel wie Federn aus einem zerrissenen Kopfkissen und sie kitzelten Bobbys Zunge, wenn sie darauf landeten.

»Komm, wir machen Fußspuren«, schlug Harry kurz darauf vor.

Sie stapften durch den Schnee, der sich auf dem Rasen ihrer

Nachbarn auftürmte, während sie den Häuserblock hinunter zu dem Haus liefen, in dem sie beide wohnten. Mummy war schon total lange mit Harrys Mum befreundet und jetzt lebten sie alle zusammen in demselben kleinen Haus.

»Ich finde es toll, wenn es schneit«, sagte Harry. »Weißt du, warum?«

»Warum?«

»Weil es bedeutet, dass bald Weihnachten ist, und Weihnachten bedeutet, dass es Geschenke gibt. Ganz, ganz viele Geschenke!«

»Woher kommen die Geschenke denn?«, wollte Bobby wissen.

»Vom Weihnachtsmann, du Dummkopf! Du sagst ihm, welche neuen Spielsachen du haben willst, und dann bringt er sie an Weihnachten. War der Weihnachtsmann etwa noch nie bei euch zu Hause?«

»Du meinst in Wellingford Hall? In England?«

»Ja.«

»Hm. Ich erinnere mich an den Weihnachtsmann«, sagte Bobby, »aber nicht an viele Spielsachen.«

Harry sank auf die Knie und schob mit seinen Fäustlingen Schnee zusammen, um ihn anschließend zu einem Ball zusammenzudrücken. Bobby tat es ihm gleich und spürte die kalte Nässe durch seine Handschuhe und an den Knien seiner Cordhose. Er hoffte, dass Mummy nicht schimpfen würde, weil alles so nass war.

»Der Weihnachtsmann ist sehr reich und er macht Kindern gerne Geschenke«, sagte Harry. »Letztes Jahr hat er welche unter unseren Baum gelegt und bei Nana und Granddad noch mehr, erinnerst du dich nicht?«

»Ich weiß nicht. Vielleicht.« Letztes Jahr war alles so fremd und neu gewesen, nachdem Mummy und er mit einem riesigen Schiff übers Meer hergekommen waren. Amerika war laut und hektisch und ganz ungewohnt nach dem Frieden und der Ruhe in Wellingford Hall. Hier hatten es alle immer ganz eilig und sie redeten total komisch. Es hatte eine Weile gedauert, bis Bobby verstanden hatte, was die Leute sagten. Zuerst hatte er nicht in Amerika bleiben, sondern wieder nach Hause fahren wollen, aber Mummy sagte, das könnten sie nicht.

Harry streckte den Arm nach hinten und warf den Schneeball, so weit er konnte. Bobby folgte seinem Beispiel, aber sein Ball fiel auseinander und der lose Schnee rieselte zu Boden. Harry konnte alles besser als er.

»Komm, wir rennen«, sagte Harry. »Ich hab Hunger! Ich hoffe, deine Mom hat Hotdogs zu Mittag gemacht.«

Heiße Hunde? Zu Mittag? Wie aufs Stichwort kam eine alte Frau mit einem großen gelben Hund an der Leine auf sie zu und erst da fiel Bobby wieder ein, dass die Amerikaner Würstchen im Brötchen »Hotdogs« nannten. Sie waren nicht wirklich aus Hundefleisch, hatte Mummy ihm erklärt.

Bobby wich ein wenig zurück, als der Hund näher kam, während sein Herz schneller schlug. Er hatte vor den meisten Hunden Angst und dieser war groß und lebhaft. Er zog an der Leine, als wollte er sich losreißen, und die Frau musste kräftig ziehen, damit er stehen blieb.

»Hi, Doggy«, sagte Harry und winkte. Der Hund sah Harry an und bellte ganz laut, was Bobbys Herz noch mehr zum Rasen brachte. Er drehte sich um und rannte den restlichen Weg nach Hause, ohne auf seinen Freund zu warten, in der verzweifelten Hoffnung, dass der Hund ihm nicht folgte und ihn auffraß.

Er kam ganz atemlos bei ihrem Haus an, ausnahmsweise mal vor Harry. Mummy hatte das Mittagessen vorbereitet und es stand auf dem Küchentisch bereit: Tomatensuppe mit Kräckern und Wurstbroten. Bobby zog seine Stiefel, den Mantel und die Handschuhe aus und war als Erster am Tisch – und damit ein zweites Mal schneller als Harry, der erst kurz nach ihm eintrudelte.

»Wie war es denn heute im Kindergarten?«, fragte Mommy, während Bobby in sein Wurstbrot biss.

Doch Harry kam ihm zuvor: »Wir hatten Spaß! Wir haben mit Fingerfarben gemalt. Die Farbe fühlte sich ganz kalt und glibberig an.«

»Das mochte ich nicht«, sagte Bobby. Er hatte sich Sorgen gemacht, dass die Farbe anschließend nicht abgehen würde und er für immer mit bunten Fingern herumlaufen müsste. »Warum dürfen wir hier in Amerika nicht mit Pinseln malen?«

Harry zuckte mit den Schultern. »Weil es dann keine Fingerfarben wären, Dummkopf.«

Bobby überlegte, was sie heute sonst noch gemacht hatten, und beeilte sich, seiner Mutter davon zu erzählen, bevor Harry es tat. »Weißt du was, Mummy? Wir spielen in einem Theaterstück mit und du und Harrys Mum und Nana und Granddad, ihr könnt alle kommen und zusehen.«

»Ein Theaterstück? Das ist ja schön. Weißt du, worum es darin geht?«

»Es gibt ein Baby und viele Schafe«, antwortete Harry. Er redete mit vollem Mund, obwohl Mummy das verboten hatte. »Die meisten Kinder sind Schafe, aber Bobby und ich und noch ein Junge spielen drei schlaue, reiche Männer.«

»Nein, die Lehrerin hat gesagt, wir sind *Könige!*«, widersprach Bobby. »Wie der König zu Hause in England. Wir tragen auch Kronen und so!«

»Das klingt wunderbar«, sagte Mum. »Ich kann es kaum erwarten.« Sie strich Bobby die Haare aus der Stirn. Ihre Hände dufteten nach Blumen.

Harry hatte zuerst aufgegessen, nur die Brotkanten blieben auf seinem Teller liegen. Bobby machte es genauso – er mochte die trockenen Ränder auch nicht – und folgte Harry dann ins Wohnzimmer, nachdem er seinen Teller in die Spüle gestellt hatte. Sie überlegten gerade, was sie spielen sollten, als Harry einen bunten Katalog auf dem Couchtisch entdeckte. Der hatte am Morgen, als sie zum Kindergarten aufgebrochen waren, noch nicht dort gelegen.

»Guck mal, Bobby! Das ist Santa Claus – siehst du? Er bringt uns zu Weihnachten die Spielsachen. Erinnerst du dich jetzt?«

Bobby nahm das dicke Heft und betrachtete es. Auf dem Deckblatt war ein Mann mit weißem Bart und dickem Bauch im roten Anzug zu sehen, der Geschenke unter einen Weihnachtsbaum legte. Santa hielt einen Finger an seine Lippen, als wollte er sagen: *»Schhhh … Diese Geschenke sind geheim …«*

»Er sieht schon irgendwie aus wie der Weihnachtsmann«, erklärte Bobby, »mit seinem weißen Bart. Aber der bei uns zu Hause hatte einen grünen Mantel, glaube ich. Und er ist auch nicht dick.« Er schlug den Katalog auf und sah Bilder von allen möglichen Spielsachen.

Harry riss ihm den Katalog aus der Hand. »Oh Mann! Guck mal die ganzen Autos und Laster!«

»Mummy, ist unser Weihnachtsmann derselbe wie Santa hier?«, fragte Bobby, als seine Mutter durchs Wohnzimmer ging. Sie trug einen Korb mit schmutziger Wäsche und wollte damit in den Keller.

»Ja, Liebling. In verschiedenen Ländern hat er unterschiedliche Namen. Aber wo wir gerade von ihm sprechen: Habt ihr beide etwa vergessen, dass wir Santa heute Abend bei der Weihnachtsparade sehen?«

»Heute Abend?«, fragte Bobby.

»Ja, nach dem Abendessen.«

»Super!«, jubelte Harry und sprang auf und ab. »Danach können wir bei ihm auf dem Schoß sitzen und ihm sagen, welche Spielsachen wir uns von ihm wünschen.«

Bobby konnte sich nicht vorstellen, auf dem Schoß eines dicken fremden Mannes zu sitzen. Er fühlte sich nicht wohl bei Leuten, die er nicht kannte. »Ich weiß gar nicht, was ich mir wünschen soll.«

Harry schwenkte den Katalog. »Na, hier sind doch ganz viele Sachen drin in dem … dem … Wie heißt das Buch?«, fragte er Bobbys Mum.

Sie schaute auf das Deckblatt. »Das ist das *Christmas Wish Book* vom Kaufhaus Sears.«

Während sie weiterging, beugte Harry sich zu Bobby herüber, um ihm ins Ohr zu flüstern: »Wir beeilen uns besser und suchen uns die Sachen aus, die wir wollen, damit wir es Santa heute Abend sagen können. Komm.« Er ließ sich auf den Boden fallen und legte sich auf den Bauch, bevor er den dicken buchartigen Katalog an der Stelle aufschlug, wo Spielzeug abgebildet war. Bobby rutschte schnell neben ihn, ganz aufgeregt bei dem Gedanken, viele neue Spielsachen auszusuchen. Und er hatte nicht mal Geburtstag!

»Oooh! Guck mal das Feuerwehrauto!«, sagte Harry. »Und Santa bringt uns alles, was wir wollen!«

»*Alles?*«

»Ja. Aber nur, wenn wir brav sind. Unartige Kinder kriegen Stöcke und Kohle zu Weihnachten.«

»Was ist Kohle?«

»Schwarze Brocken, die wie Steine aussehen.«

»Und was machen die unartigen Kinder damit?«

»Weiß ich nicht. Wahrscheinlich müssen sie damit spielen, weil sie keine richtigen Spielsachen bekommen. Hör zu, Bobby: Wir müssen von jetzt an bis Weihnachten richtig lieb sein, verstanden?«

»Verstanden. Wie lange ist es noch bis Weihnachten?«

»Ich weiß nicht. Vielleicht weiß es deine Mom.« Sie betrachteten noch mehrere Seiten mit Spielzeug, bis Bobby hörte, wie seine Mum wieder aus dem Keller heraufkam.

»Mummy? Wie viele Tage sind es noch bis Weihnachten?«, rief er.

»Hm, warte mal … zwanzig Tage.«

»Oh nein!«, stöhnte Harry und schlug sich mit der flachen Hand auf die Stirn.

»Sind zwanzig Tage viel?«, fragte Bobby ihn.

»Ja! Das ist wie … alle deine Finger und meine noch dazu! Wir müssen echt lange brav sein, wenn wir viele Spielsachen wollen.«

Bobby seufzte. Die ganze Sache schien ihm ziemlich aufwendig. Aber die Spielsachen in diesem herrlichen Wünsche-Buch hauten ihn einfach um und wie Harry wollte er sie alle haben. Die meisten Spielsachen in ihrem Zimmer und in Nanas Haus hatten Harry gehört, bevor Bobby eingezogen war, und auch wenn Harry sie eigentlich recht großzügig mit ihm teilte, wünschte Bobby sich eigenes, neues Spielzeug. »Fang noch mal von vorne an und ganz langsam«, bettelte er. »Ich muss mir alles merken.«

»Schon gut«, sagte Harry und blätterte zur ersten Seite zurück. »Ich will diese Bauklötze, du nicht auch? Damit können wir Türme und so bauen, weißt du?«

»Ja! Die will ich auch.« Sie sahen erneut die Seiten durch und betrachteten die Bilder ausgiebig, bevor sie weiterblätterten. Als sie am Ende angekommen waren, konnte Bobby es kaum noch erwarten, den rot gekleideten Santa Claus zu treffen und ihm von all den herrlichen Spielsachen zu erzählen, die er sich wünschte. Ja, Weihnachten würde toll werden!

Kapitel 1

20 Tage vor Weihnachten

Weihnachten stand vor der Tür. Überall in ihrem Wohnort in Connecticut sah Eve Dawson die Anzeichen, wenn sie von der Arbeit zu Fuß nach Hause ging. Kiefernzweige und -kränze schmückten die Haustüren. Lichterketten und verlockende Geschenkauslagen zierten die Schaufenster. Auch der Schnee, der in den Gärten und auf den Dächern lag und alle Büsche mit weißen Hauben krönte, wirkte richtig festlich. Ja, das Weihnachtsfest nahte und mit ihm die Sorge, wie sie ein paar zusätzliche Dollar von ihrem knappen Haushaltsgeld einsparen sollte, um Geschenke für ihren fünfjährigen Sohn Harry zu kaufen.

Es dämmerte schon, als sie an diesem Nachmittag nach Hause eilte. Die kürzeren Dezembertage bedeuteten, dass es morgens, wenn sie zur Arbeit ging, noch nicht ganz hell war, und abends, wenn sie zurückkam, schon fast dunkel. Harry würde am großen Fenster nach ihr Ausschau halten, weil er ihr etwas zeigen wollte, was er im Kindergarten gebastelt hatte, oder weil er ihr von den neusten Abenteuern seiner Fernsehhelden erzählen wollte. Eve erinnerte sich daran, wie sie genauso nach ihrer Mutter Ausschau gehalten und vor Granny Mauds Cottage gewartet hatte, bis sie Mum am Ende der Straße erspähte. Wenigstens konnte Eve nach ihrer Arbeit im Schreibbüro jeden Abend zu Harry nach Hause kommen und ihn zu Bett bringen. Als Eve so alt gewesen war wie er, hatte ihre Mum, die auch eine alleinerziehende Mutter gewesen war, als Dienstmädchen in Wellingford Hall gearbeitet und auch dort gewohnt, sodass sie Eve nur einmal die Woche hatte sehen können.

Eine gebeugte Gestalt eilte den Gehweg entlang und auf Eve zu – Mrs Herder, die gegen die Kälte und den sanft fallenden Schnee warm eingepackt war, um mit ihrem Hund Gassi zu gehen.

Eve lächelte, als die beiden an ihr vorbeikamen. »Hallo. Ein schöner Abend, nicht wahr?«

»Wenn man Schnee mag.« Die Worte der Frau klangen durch den dicken Schal um Hals und Kinn gedämpft. Mrs Herder ging weiter, während ihr lebhafter Labrador mal stehen blieb, um an Zaunpfosten zu schnuppern, mal ungeduldig an der Leine zog. Die beiden waren ein merkwürdiges Paar, der Hund zu groß und wild für die kleine weißhaarige Frau, die Eve an ihre Großmutter erinnerte.

Eve beschleunigte ihre Schritte und sah im Vorübergehen zu den Häusern hinüber. Wieder einmal wünschte sie, sie hätte ein eigenes Zuhause für sich und ihren Sohn. Wie das wohl wäre? Die Fenster ihrer Nachbarn waren hell erleuchtet und gaben Einblick in ihr Leben, so als würde man auf entfernte TV-Bildschirme sehen. Eve wusste nur sehr wenig über die Leute in ihrer Umgebung, auch über Mrs Herder, obwohl sie ihr und ihrem Hund beinahe jeden Tag begegnete. Sie vermutete sogar nur, dass sie Herder hieß, weil das auf ihrem Briefkasten an der Straße stand. Die Frau lebte in einem alten Haus mit einer breiten Veranda davor, das ganz am Rand des Viertels mit seinen neuen, nach dem Krieg erbauten Bungalows stand. Mrs Herder hatte sechs Jahre nach Kriegsende immer noch einen goldenen Stern im Fenster hängen, so als wolle sie nicht vergessen, dass sie einen lieben Menschen verloren hatte. Der Stern weckte Erinnerungen an Alfie Clarkson, Eves erste Liebe, der auch im Krieg umgekommen war. Alfie und Mum und Granny – Eve wünschte, sie könnte auch irgendwo goldene Sterne aufhängen, um der Welt zu sagen, wie sehr sie ihre Lieben vermisste.

Sie drehte sich um und sah zu, wie Mrs Herder und ihr Hund die Stufen hinaufgingen und in ihrem Haus verschwanden. Einen Moment lang überkam Eve wieder das Heimweh nach Wellingford, dem Dorf in England, in dem sie aufgewachsen war. Alle hatten gewusst, wie die Nachbarn hießen, und man hatte aufeinander geachtet. Die kleinen Steinhäuser hatten dicht nebeneinandergestanden und gegen die Außenwelt zusammengehalten, nicht getrennt durch Rasenflächen und Lattenzäune wie hier in Amerika. Das Cottage und der Wald in der Nähe, durch den sie so gerne gestreift war, waren das einzige echte Zuhause, an das Eve sich erinnern konnte. Doch nach dem Krieg hatten sie und Harry ein neues Leben anfangen müssen – an einem Ort, an dem niemand die Schande von Harrys Geburt kannte. Auch wenn sie nicht stolz darauf war, wie sie diesen Neuanfang bewerkstelligt hatte, war es letzten Endes besser gelaufen, als sie es verdient hatte, sowohl für sie als auch für ihren Sohn. Sie lebten bei Eves verwitweter Freundin Audrey Barrett, bezahlten ihr eine monatliche Miete und inzwischen waren sie vier zu einer Art Familie zusammengewachsen. Aber wenn Eve an diesem Weihnachtsfest einen Wunsch frei hätte, dann wäre es ein eigenes Zuhause.

Harry war nicht dort, wo er sonst stand und auf sie wartete, als sie die Auffahrt zu Audreys Bungalow hinaufging. Sie klopfte den Schnee von ihren Stiefeln und betrat das Haus durch die Küchentür, dann zog sie die Mütze ab und strich ihre Haare glatt. »Es schneit schon wieder«, sagte sie zu Audrey.

»Die Jungs wird es freuen.« Audrey stand am Herd und stampfte Kartoffeln zu einem klebrigen Brei. »Ich fahre nicht gerne Auto, wenn Schnee liegt.«

»Im Krieg sind wir mit dem Krankenwagen über ganz schön rutschige Straßen gefahren, weißt du noch?«

»Und dazu noch mit halsbrecherischer Geschwindigkeit. Während die Bomben fielen. Aber es musste ja sein.«

Eve hängte ihren Mantel auf und folgte dem fröhlichen Klang von Harrys Stimme, während er mit Audreys Sohn Bobby spielte. Beide lagen auf dem Teppich im Wohnzimmer und blätterten in einem leuchtend bunten Katalog. Die beiden Jungen waren gleich alt und beinahe gleich groß, sodass sie in ihren Cordhosen und karierten Flanellhemden gut Zwillinge hätten sein können – nur dass Harry rote Haare hatte und freundlich und gesprächig und laut war, während Bobby das dunkle Haar seines Vaters geerbt hatte und so schüchtern war wie seine Mutter.

»Was ist denn so faszinierend, dass du nicht einmal Zeit hast, deiner Mama Hallo zu sagen?«

»Hi, Mom.« Eve seufzte innerlich. Ihr Sohn wurde langsam ein echter Amerikaner. Es war ihre eigene Schuld, denn sie hatte ihn als Baby in die Vereinigten Staaten gebracht. Bobby, der erst seit anderthalb Jahren hier war, fing allmählich auch an zu reden, wie die Leute hier es taten, aber wenigstens nannte er Audrey immer noch »Mummy«.

Harry blickte nur kurz hoch, so als könnte er etwas verpassen, wenn er zu lange aufsah. »Wir suchen die Geschenke aus, die Santa uns aus dem *Wish Book* bringen soll.« Er zeigte auf die Seite und sagte: »Ich will dieses Flugzeug. Oooh, und auch das U-Boot hier! Und diesen Panzer und das Motorrad … Wir könnten Armee spielen, Bobby!«

»Das würde Spaß machen!« Bobby legte kurz eine Hand auf die Seite, als wollte er sein Territorium abstecken. »Ich will all die Laster auf dieser Seite – und vor allem den Bus!«

Harry wartete, bis sein Freund die Hand wegnahm, dann blätterte er zur nächsten Seite weiter. »Ich will diesen Lieferwagen.

Guck mal, die Lichter kann man anmachen! Und hier, der Schaufelbagger – mit dem könnten wir super Löcher buddeln!«

»So einen will ich.« Bobby nickte. »Der Jeep hier hat auch richtige Scheinwerfer!«

Eve hockte sich neben die Jungen, um besser sehen zu können, wie die beiden mit leuchtenden Augen auf Löschzüge und Bulldozer und Streifenwagen zeigten. »Das klingt so, als wolltet ihr alle Spielsachen aus diesem Katalog haben.«

»Aber nicht das Zeug für Mädchen«, sagte Harry und verzog das Gesicht. »Puppen wollen wir nicht!«

»Oder Spielsachen für Babys«, fügte Bobby hinzu. »Nur die für Jungs auf diesen Seiten.« Eve sah zu, wie sie weiterblätterten und immer wieder riefen: »Das will ich und das hier …!«

Sie runzelte die Stirn. »In diesem Haus ist kein Platz für all diese Spielsachen. Und außerdem habt ihr schon ganz viele.«

»Aber die sind alt, Mom. Das hier sind neue Sachen. Wir wollen Santa alle unsere Wünsche sagen, wenn wir ihn heute Abend bei der Parade sehen.«

»Bei der Parade? Heute Abend?«

»Genau. Hast du das vergessen, Mom?«

»Kann sein, ja. Ich hatte viel Arbeit heute.« Viel todlangweilige Arbeit, um genau zu sein. Wie gestern und vorgestern hatte sie in einem fensterlosen Büro Briefe getippt. Nachdem sie ihre Miete und einen Teil der Schuld bezahlt hatte, die sie bei Audrey begleichen wollte, konnte Eve froh sein, wenn genügend Geld übrig blieb, um ein neues Spielzeug für Harry zu kaufen, geschweige denn einen ganzen Katalog voll.

Audrey streckte den Kopf aus der Küche. »Essen ist fertig. Wascht euch bitte die Hände.«

Eve stand auf und ging auf Audrey zu. »Woher haben sie denn den Katalog?«

»Das ist ein Wünsche-Buch, Mom!«, rief Harry ihr zu.

»Ich glaube, der kam vor einem Monat, aber ich habe ihn heute Morgen beim Aufräumen gefunden. Sie brüten schon den ganzen Nachmittag darüber.«

Die Jungen standen auf, um sich die Hände zu waschen, nahmen den Katalog aber mit ins Bad.

»Guck mal das hier, Bobby!«, hörte Eve Harry sagen, als sie das Wohnzimmer verließen. »Das ist eine ganze Tankstelle mit Zapfsäulen und Autos und allem!«

»So eine will ich!«

»Dieses *Wish Book* scheint eine Büchse der Pandora in Sachen Habgier geöffnet zu haben«, sagte Eve seufzend zu Audrey.

Als sie schließlich alle um den Küchentisch saßen, schlang Harry sein Essen in Rekordzeit hinunter. »Schnell, Mom, beeil dich!«, bettelte er. »Sonst verpassen wir die Weihnachtsparade und Santa!«

Eve aß in aller Ruhe weiter. »Keine Sorge. Wir haben jede Menge Zeit.«

»Musst du denn heute Abend weg, Mummy?«, fragte Bobby Audrey. Seine besorgte Miene glich der seiner Mutter sehr. Audrey hatte sich schon immer Sorgen gemacht, seit Eve sie kannte, und das war ein großer Teil ihrer zweiunddreißig Lebensjahre. Sie hatten sich als zwölfjährige Mädchen im Wald um Wellingford Hall kennengelernt, wo Eves Mutter als Zofe für Audreys Mutter, die wohlhabende adelige Lady Rosamunde, gearbeitet hatte.

»Nein, mein Unterricht ist für dieses Semester vorbei«, antwortete Audrey.

»Weißt du nicht mehr, wie nervös deine Mutter war, als sie letzte Woche für ihre Prüfungen gelernt hat?«, fragte Eve. »Wir konnten ihr doch kaum einen ganzen Satz entlocken.«

»Meine Noten sind übrigens heute mit der Post gekommen«, sagte Audrey leise.

»Und, zeigst du sie uns oder sind sie nicht gut?«

Audrey lächelte ihr typisches schüchternes Lächeln und senkte den Kopf, als wollte sie sich vor einer königlichen Hoheit verneigen. »Na ja, schlecht waren sie nicht.«

»Lass mich raten – du hast in beiden Fächern die Bestnote, habe ich recht?«

»Stimmt.«

»Gut gemacht! Das müssen wir feiern.«

Nach dem Essen stapelten sie das Geschirr in der Spüle, um es später abzuwaschen, und zogen sich für die kurze Fahrt in die Stadt warm an. Auf dem Weg dorthin hörte Eve, wie die Jungen auf dem Rücksitz flüsterten, und drehte sich auf dem Beifahrersitz um. Harry und Bobby hatten den Katalog aufgeschlagen auf den Knien und zeigten murmelnd auf Dinge. »Ich will eine Pistole wie die da!«

»Dann können wir so tun, als wären wir der Lone Ranger, wie im Fernsehen!«

»Ihr habt das Wünsche-Buch mitgenommen? Zur Parade?«, fragte Eve erstaunt. Die Jungen starrten sie an, als hätte sie eine völlig idiotische Frage gestellt.

»Habt ihr das Ding wirklich mitgenommen?«, fragte Audrey und warf einen Blick in den Rückspiegel. »Ihr habt doch schon den ganzen Nachmittag damit verbracht, Bobby.«

»Ich weiß, Mummy, aber es könnte doch sein, dass ich vergesse, Santa was zu sagen, was ich unbedingt haben will.«

»Also werden wir ihm einfach alles zeigen«, fügte Harry hinzu.

»Du kannst nicht mit dem gesamten Sears-Katalog in deinen habgierigen kleinen Händen auf Santas Schoß sitzen«, gab Eve zurück.

»Warum nicht?«

»Bitte, Mummy!«

»Erstens bringt Santa Claus auch noch ganz vielen anderen Kindern Geschenke, nicht nur euch«, sagte Eve, »und die Dinge, die ihr haben wollt, würden ja gar nicht alle auf seinen Schlitten passen.«

»Er kann doch mehrmals fahren, Mom. Er hat die ganze Nacht Zeit.«

Eve blickte zu Audrey hinüber und sah, dass sie sich nur mit Mühe ein Lächeln verkniff.

»Außerdem«, fuhr Harry fort, »bringt Santa nur Spielsachen, wenn man brav ist, und in der Schule gibt es eine Menge Kinder, die nicht brav sind.«

»Sie finden Kohle in ihren Strümpfen«, erklärte Bobby feierlich.

Audrey fand einen Parkplatz in der Nähe des Dorfplatzes, und während die Jungen vom Rücksitz kletterten, sah Eve eine Ecke des Katalogs unter Harrys Jacke hervorblitzen. »Das Wünsche-Buch bleibt im Auto«, sagte sie, während sie das Heft herauszog und auf den Sitz warf.

»Aber Mom …«

Eve schloss die Wagentür. »Wenn du dir nicht alles auf der Liste merken kannst, ist die Liste vielleicht zu lang.«

Ein riesiger Weihnachtsbaum stand auf dem malerischen Marktplatz und wartete darauf, dass der Bürgermeister am Ende der Parade den Schalter umlegte und ihn in vollem Glanz erstrahlen ließ.

»Wann kriegen *wir* einen Weihnachtsbaum?«, fragte Harry.

»Vielleicht dieses Wochenende. Wir schlagen ihn auf Onkel Toms Farm wie im letzten Jahr, weißt du noch?«

Tom Vandenberg, ein Sandkastenfreund von Audreys verstorbenem Mann, war für die beiden Jungen wie ein Vater gewesen. Eve mochte ihn sehr. Und Tom hatte keinen Zweifel daran gelassen, dass er sie heiraten und mehr als nur ein väterlicher Freund in Harrys Leben sein wollte.

Unter dem Baum stand ein Thron für den Weihnachtsmann und darum herum war ein Bereich abgesperrt, in dem die Kinder eine Schlange bilden konnten, um mit Santa zu sprechen. Eve nahm Harry an der Hand, als sie zwischen all den anderen Passanten die Hauptstraße hinuntergingen, auf der Suche nach einem guten Standort entlang der Route, die der Umzug nehmen würde.

Die gemütliche Kleinstadt war mit Weihnachtslaternen geschmückt, in deren Licht der Schnee glitzerte, und die Schaufenster waren hübsch dekoriert, um Kunden anzulocken. Eve blieb vor einer Auslage stehen, in der aktuelle Küchengeräte und Kaffeekannen für moderne Hausfrauen neben Aluminiumleitern, Thermosflaschen und Sägen für ihre Ehemänner zu sehen waren. Dies waren Gegenstände, die in ein Haus gehörten – ein richtiges Zuhause mit Vater, Mutter und Kindern.

Eve schloss die Augen und kämpfte gegen das vertraute Gefühl der Leere an, als sie an die improvisierte Familie dachte, die Audrey und sie mit ihren Kindern bildeten. Wenigstens hatte Audrey einen anständigen Grund dafür, dass sie eine alleinerziehende Mutter war. Und Eve sollte dankbar dafür sein, dass ihre Freundin sie und Harry eingeladen hatte, bei ihnen zu wohnen. Inzwischen lebte sie seit fast vier Jahren von Audreys Versicherungssumme und dem Erbe ihres Mannes, wohnte in Audreys Haus und fuhr mit ihrem Wagen. Und obwohl Audrey keinen Penny davon zurückverlangte, war Eve entschlossen, all das zurückzuzahlen.

»Wow! Guck mal das Flugzeug da, Bobby!« Harry zeigte auf eine große Propellermaschine aus Aluminium, die hinter dem Schaufenster an einem Draht hing. »Gab es im Wünsche-Buch auch so ein großes Flugzeug?«

»Ich glaube nicht. Das will ich!«

»Ich auch! Wir sagen es Santa gleich. Wie heißt der Laden hier, Mom? Wir müssen Santa sagen, wo er es kaufen kann.«

»Das weiß Santa«, sagte Eve und zog an Harrys Hand. »Komm.«

Sie liefen immer weiter, aber überall standen Eltern und Kinder in drei oder vier Reihen am Straßenrand, um den Umzug anzusehen. In der Ferne erklang der Rhythmus von Trommeln. Die Parade würde gleich beginnen.

Harry hüpfte frustriert auf und ab. »Ich sehe nichts! Ich kann überhaupt nichts sehen!«

»Mummy, guck mal«, sagte Bobby. »Die anderen haben Daddys, die ihnen helfen.« Er zeigte auf die Familien vor ihnen und Eve sah, dass viele Väter ihre kleinen Kinder auf die Schultern genommen hatten oder auf dem Arm hielten, damit sie etwas sehen konnten. Eve und Audrey waren beide zierlich und außerdem waren die Jungs zu schwer, um sie die ganze Zeit auf dem Arm zu halten.

»Ich brauche einen Daddy, damit ich was sehen kann«, erklärte Harry Eve. »Alle anderen haben einen.«

»Das ist ungerecht«, schmollte Bobby.

»Ach du liebe Güte«, murmelte Eve. Sie sah Audrey an, die ebenso besorgt dreinblickte wie sie selbst.

Plötzlich ließ Harry Eves Hand los und rannte zu einem gut gekleideten Herrn, der gerade aus dem Kaufhaus kam. Er hatte eine leuchtend bunt eingepackte Schachtel mit einer silberfarbenen Schleife in der Hand. »Wollen Sie unser Daddy sein?«, fragte Harry ihn.

»Harry!«, rief Eve entsetzt.

»Meiner auch! Meiner auch!«, krähte Bobby und lief auf den Fremden zu.

Eve spürte, wie die Hitze in ihre Wangen stieg, während sie zu dem Mann eilte, um sich zu entschuldigen und ihren Sohn wegzuziehen. Doch bevor sie ein Wort herausbrachte, ging der Mann in die Hocke, um mit den Jungen zu reden. »Hallo, Harry und Bobby. Seid ihr hier, um den Weihnachtsmann zu sehen?« Da erkannte Eve ihn. Mr Hamilton war der Leiter der Jungschar in ihrer Kirchengemeinde. Aber trotzdem war ihr die Sache unendlich peinlich. Und Audreys Gesichtsausdruck nach zu schließen ging es ihrer Freundin ebenso.

»Ja. Wir wollten Santa die ganzen Spielsachen im Wünsche-Buch zeigen«, erklärte Harry ihm, »aber Mom hat gesagt, dass wir das Buch im Auto lassen müssen.«

»Hoffentlich fällt mir nachher alles ein.« Bobby sah wieder ganz besorgt aus.

Mr Hamilton lächelte. »Ich bin sicher, dass du dich an die wichtigen Dinge erinnern wirst.« Er musste etwa Mitte dreißig sein und sah aus wie ein Filmstar. Als Millionen amerikanische GIs während des Krieges in England gelandet waren, hatten Eve und Audrey und alle anderen Frauen darüber gesprochen, wie gut die amerikanischen Männer aussahen – und hier war wieder ein solches Exemplar, diesmal ohne Uniform, aber in einem sehr teuer aussehenden Mantel und mit Hut und Kaschmirschal.

Mr Hamilton stand auf, während die Musikkapelle der Highschool näher kam. Sie spielte *Jingle Bells*.

»Sie fängt an! Die Parade fängt an!«, sagte Harry und sprang auf und ab. »Und wir haben keinen Daddy!«

Mr Hamilton sah Audrey und Eve fragend an, offensichtlich verwirrt.

»Um sie hochzuheben«, erklärte Eve schnell und zeigte auf die Familien um sie herum.

»Ach so, ich verstehe. Da helfe ich doch gerne.« Er übergab Audrey seine Einkäufe und ging wieder in die Hocke. Dann hob er beide Jungen hoch, mit jedem Arm einen. Mr Hamilton war ein großer und breitschultriger Mann, so massiv wie ein Kühlschrank. Er sah aus, als würde er mit zwei fünfjährigen Jungen spielend fertig.

»Aber … ich bin sicher, dass Mr Hamilton nach Hause zu seiner Familie muss«, protestierte Audrey.

»Es macht mir gar nichts aus«, unterbrach er sie mit einem Lächeln.

»Na dann … vielen Dank. Und Sie können die beiden jederzeit wieder runterlassen, wenn es Ihnen zu anstrengend wird«, sagte Eve.

Feuerwehrwagen rollten mit ihren roten Signallampen vorbei. Pferde trugen tänzelnd als Westernhelden verkleidete Reiter, die ihre Spielzeugpistolen knallen ließen. Der Bürgermeister winkte aus einem Oldtimer, der mit einer Lichterkette geschmückt war. Geschäftsleute aus dem Ort zogen selbst gebaute, weihnachtlich verzierte Wagen mit hübschen Mädchen, die Weihnachtslieder sangen. Santas Elfen verteilten Zuckerstangen an die Kinder am Straßenrand. Dann erschien Santa selbst und sein Schlitten wurde von einem nagelneuen John-Deere-Traktor gezogen.

»Hey! Wo sind denn die Rentiere?«, fragte Harry.

»Vielleicht ruhen sie sich für ihren großen Auftritt an Weihnachten aus«, erwiderte Mr Hamilton.

»Wenn sie den Schlitten mit all den Geschenken gezogen haben, die ihr zwei euch wünscht, müssen sie sich aber lange ausruhen«, sagte Eve.

Als der Umzug zu Ende war und Mr Hamilton die Jungen wieder auf den Gehweg gestellt hatte, bedankten Audrey und Eve sich überschwänglich bei ihm. Er tippte sich an den Hut und nahm seine Einkäufe von Audrey entgegen.

»Es war mir ein Vergnügen, meine Damen. Ich hoffe, Sie haben ein sehr schönes Weihnachtsfest – und dass ihr Jungen alles bekommt, was ihr euch in eurem Wünsche-Buch ausgesucht habt.«

»Nie im Leben«, murmelte Eve. Dann folgten sie den anderen

Leuten zurück zum Marktplatz und applaudierten, als der Bürgermeister den Schalter umlegte und die Lichter an dem riesigen Weihnachtsbaum erstrahlten.

Die Schlange aus Kindern, die auf Santas Schoß sitzen wollten, schien kilometerlang zu sein und Eve war müde. Die Kälte war inzwischen durch ihre Stiefel gedrungen und ihre Zehen waren schon ganz taub. »Das kann ja Stunden dauern, bis ihr Jungs drankommt«, stöhnte sie. »Und dann noch eine Stunde, bis ihr ihm die ungekürzte Fassung des Wünsche-Buchs vorgetragen habt.«

»Ich habe eine Idee«, sagte Audrey. »Warum schreibt ihr Santa eure Wünsche nicht einfach? So könnt ihr in Ruhe überlegen und vergesst nichts.« Audreys Wangen waren rot wie Äpfel und sie fröstelte. Die Jungen hingegen schienen die Kälte gar nicht zu bemerken.

»Aber ich kann doch noch gar nicht schreiben, Mummy. Nur meinen Namen.«

»Ich helfe dir, versprochen.«

»Das ist eine großartige Idee«, sagte Eve. »Kommt, wir fahren nach Hause.«

»Der da ist sowieso nur ein Helfer vom Weihnachtsmann«, hörte sie Harry sagen, als sie zum Wagen zurückliefen. »Der echte Santa lebt am Nordpol und muss ganz viele Spielsachen bauen.«

Als die Kinder zu Bett gingen, entbrannte ein Streit zwischen ihnen, weil sie sich nicht einigen konnten, wer von ihnen das Wünsche-Buch unter sein Kopfkissen legen durfte. »Das Wünsche-Buch wird unter gar keinem Kissen liegen«, erklärte Audrey und nahm ihnen den Katalog weg. »Es ist schließlich nicht so, als hättet ihr einen Zahn verloren und würdet auf die Zahnfee warten.« Sie legte den Katalog auf die Kommode.

»Aber, Mummy …«, jammerte Bobby.

»Habt ihr nicht all die anderen Kinder bei der Parade gesehen?«, fragte Eve. »Denen muss Santa auch Geschenke bringen. Er kann euch nicht jedes Spielzeug in dem Wünsche-Buch bringen.«

»Dann wünschen wir uns den Rest von Nana und Granddad«, hörte Eve Harry sagen, als sie das Licht im Kinderzimmer ausmachte. »Sie kaufen immer ganz viele Geschenke.« Eve wollte widersprechen, aber der Junge hatte recht. Sie warf Audrey einen hilflosen Blick zu.

Anschließend gingen Eve und Audrey in die Küche und unterhielten sich, während sie den Abwasch machten. »Letztes Jahr kannte ich die ganzen amerikanischen Weihnachtstraditionen noch nicht«, sagte Audrey, während sie die Seife von einem Teller spülte. »Aber ich weiß noch, dass meine Schwiegereltern Bobby ganz viele Spielsachen geschenkt haben, und es schien mir ein wenig übertrieben. Aber ich war wohl so überwältigt von der Liebe, die Roberts Eltern Bobby entgegengebracht haben, dass ich wegen all der Geschenke nichts sagen wollte.«

»Ich bin sicher, Nana Barrett wird es diesmal genauso machen. Sie kauft immer so viele Weihnachtsgeschenke.« Eve und Harry hatten jedes Weihnachtsfest mit den Barretts verbracht, seit Harry ein Baby gewesen war, und auch wenn ihr diese Großzügigkeit immer noch unangenehm war, hatte sie sich inzwischen damit abgefunden. Harry hatte natürlich überhaupt kein Problem damit. Bis zum letzten Jahr hatte Eve die Barretts in dem Glauben gelassen, sie und Harry wären ihre Schwiegertochter und ihr Enkel, und nur Gottes Gnade war es zu verdanken, dass die Barretts immer noch eine gute Beziehung zu Eve hatten, nachdem sie ihre Täuschung gebeichtet hatte.

»Auch wenn die Barretts es sich leisten könnten, jedes Spielzeug in dem Wünsche-Buch zu kaufen«, sagte Audrey, »gefällt es mir nicht, dass Bobby so viele Dinge haben will – oder gar erwartet, sie zu bekommen. Das ist nicht richtig.«

Eve trocknete einen Teller ab und stellte ihn in den Schrank. »Ich weiß noch, dass ich in ihrem Alter für ganz wenige Weihnachtsgeschenke dankbar war. Ich habe meinen Strumpf ans Bett gehängt, damit der Weihnachtsmann ihn füllt, und am nächsten Morgen habe ich dann eine Puppe oder ein Spiel darin gefunden … und vielleicht eine Orange oder ein paar Bonbons. Granny hat mir neue Handschuhe oder eine neue Mütze gestrickt. Erst später habe ich erfahren, dass Mum monatelang gespart hatte, um mir diese Dinge zu kaufen. Am ersten Weihnachtstag hat sie immer gearbeitet, aber den zweiten Feiertag konnten wir zusammen verbringen.« Eve fragte sich, ob ihre Mutter wohl auch das Gefühl gehabt hatte, einen wichtigen Teil im Leben ihres Kindes zu verpassen, weil sie arbeiten musste.

»Ich erinnere mich daran, dass unser Gärtner bergeweise Tannenzweige und Stechpalme abgeschnitten hat«, antwortete Audrey, die Hände in dem schäumenden Spülwasser. »Wellingford Hall duftete herrlich und sah wunderschön aus. Es gab immer einen riesigen Baum und Geschenke, die bestimmt meine Hauslehrerin Miss Blake ausgesucht hat. Nicht meine Eltern. Und wir hatten immer Weihnachtsknaller auf dem Tisch. Aber das Beste war, dass Alfie aus dem Internat kam, um ein paar Wochen zu Hause zu verbringen.«

Sie arbeiteten schweigend weiter. Audrey schrubbte einen Topf mit Drahtwolle und Eve vermutete, dass ihre Freundin wie sie selbst an Audreys älteren Bruder Alfie dachte. Und daran, wie sehr sie beide ihn geliebt hatten. »Während des Krieges«, sagte Audrey, »waren wir froh, wenn wir an Weihnachten nicht mitten in der Nacht von einer Luftsirene geweckt wurden, weißt du noch?«

»Oh ja. Und ich erinnere mich daran, wie die amerikanischen

Soldaten bei den Weihnachtspartys Mistelzweige über unsere Köpfe gehalten haben, damit sie uns küssen konnten.«

Audrey verstummte wieder und Eve wusste, dass sie an ihren Mann Robert dachte. »Ich will, dass Harry schöne Erinnerungen an Weihnachten hat, aber ich glaube nicht, dass alle Spielsachen aus dem Katalog das bewirken können. Außerdem kann ich mit meinem Einkommen nicht jede Menge Geschenke kaufen.«

»Mein Bruder hatte immer das Gefühl, dass ihm alles zustand, was er haben wollte, und das war am Ende sein Verderben. Ich will nicht, dass es bei Bobby auch so ist. Können wir den beiden nicht irgendwie beibringen, dass es nicht gut ist, immer alles haben zu wollen?« Audrey gab Eve den Kochtopf und zog den Stöpsel aus der Spüle.

»Ich weiß nicht. Da muss ich überlegen. Aber du hast recht. Sie müssen lernen, dass Weihnachten mehr ist, als alle Spielsachen zu bekommen, die sie sich wünschen.« Eve trocknete den Topf ab und räumte ihn weg. »Das war nett von dem Leiter der Jungschar, dass er uns heute Abend geholfen hat, oder?«

»Ja, aber es war mir so peinlich! Und ich mache mir Sorgen, Eve. Die Jungen merken allmählich, dass die anderen Kinder Väter haben und sie nicht.«

»Es gibt mindestens noch eine Familie in der Gemeinde, die den Vater im Krieg verloren hat.«

»Darum geht es aber eigentlich nicht. Was in dem Leben der Jungs fehlt, ist jemand, der die Rolle eines Vaters übernimmt. Und sei es bei so einer kleinen Sache wie heute, wo sie hochgehoben werden wollen. Wir wissen beide, wie es ist, ohne die Liebe eines Vaters aufzuwachsen, und jetzt lernen unsere Söhne es auch.«

»Sie haben Tom Vandenberg. Er ist für sie wie ein Vater.« Kaum hatte sie die Worte ausgesprochen, bereute sie auch schon, Tom erwähnt zu haben.

»Glaubst du, dass du ihn irgendwann heiraten wirst?«, fragte Audrey. »Ich sehe, dass er dich liebt.«

»Ich weiß nicht.« Eve zuckte die Schultern, als wäre es nicht wichtig. Aber das war es. »Willst *du* denn wieder heiraten, damit Bobby einen Vater bekommt?«

Audrey wandte den Blick ab. »Es ist spät. Ich glaube, ich muss schlafen gehen.«

Kapitel 2

19 Tage vor Weihnachten

Audrey stand am Küchenfenster und starrte in den schneebedeckten Garten hinaus, der Tee in ihrem Becher war mittlerweile kalt geworden. Bei dem Gedanken an den Termin an diesem Vormittag wurde ihr ganz flau im Magen. War sie wirklich bereit, einen so großen Schritt zu wagen? Ihr Sohn und sie hatten so viele Veränderungen hinter sich und Audrey hatte Veränderung schon immer gehasst.

Obwohl Bobby zu klein gewesen war, um es wirklich zu merken, war ihr Leben an jenem Tag vor fünf Jahren auf den Kopf gestellt worden, an dem sie ihre Einwanderungspapiere erhalten hatte. Nur Stunden später hatte sie außerdem ein Telegramm von ihrem Schwiegervater bekommen, aus dem sie erfahren hatte, dass Robert bei einem Autounfall ums Leben gekommen war. Weil sie den Gedanken, nach Amerika zu gehen, ohne dass ihr Liebster dort auf sie wartete, nicht ertrug, hatte sie sich entschieden, zu Hause in Wellingford Hall zu bleiben.

Und dann, erst vor anderthalb Jahren, hatte ihr Vater sie mit der schockierenden Tatsache konfrontiert, dass sie einer der zahlreichen außerehelichen Affären ihrer Mutter entsprungen war und er sie und ihren Sohn deshalb enterbte. Da war ihr nichts anderes übrig geblieben und sie war schließlich doch nach Amerika gereist, zu Roberts Familie. Und dort hatten sie noch mehr Überraschungen und Veränderungen erwartet.

Nein, Audrey hatte keinen Bedarf an weiteren Veränderungen. Vielleicht sollte sie noch etwas länger über diesen neuen Schritt nachdenken, noch ein bisschen warten. Abgesehen davon waren die Straßen verschneit. Sie könnte noch einen Tag warten. Oder eine Woche.

Sie sah, dass Eve in ihren Manteltaschen nach etwas suchte. »Was habe ich denn mit meinen Handschuhen gemacht?«, fragte sie. »Ich verpasse noch meinen Bus und komme zu spät zur Arbeit.«

»Du kannst meine nehmen.« Audrey ging zu den Haken an der Wand und zog ein Paar Handschuhe aus den Taschen ihres Mantels. Dann ging sie in die Küche, um nachzusehen, ob die Jungen ihr Frühstück aßen. Dabei sah sie, dass das Wünsche-Buch zwischen ihnen auf dem Küchentisch aufgeschlagen lag. Die vernachlässigten Rice Krispies hatten sich mittlerweile durch die Milch in eine klumpige Masse verwandelt, die nicht mehr fröhlich knisterte, wie die Werbung es versprach. Audrey nahm den Katalog vom Tisch und legte ihn oben auf den Kühlschrank. »So, für diesen Unsinn ist jetzt keine Zeit.«

»Du hast doch gesagt, wir können einen Brief an Santa schreiben, weil wir gestern Abend nicht auf seinem Schoß sitzen konnten«, beschwerte Bobby sich.

»Und das werden wir auch. Aber nach der Vorschule. Und jetzt esst bitte, sonst verpasst ihr noch den Kindergartenbus.«

Eve war schon gegangen, kam aber jetzt noch einmal zurück und streckte den Kopf zur Tür herein. »Ach ja, du gehst doch heute zur Bank, Audrey? Nicht, dass du in letzter Minute einen Rückzieher machst.«

»Also … eigentlich … es ist so glatt auf den Straßen und –«

Eve kam hereingeeilt und ließ die Tür offen stehen. »Wir hatten eine Abmachung, Audrey. Du hast gesagt, wenn du dieses Semester gute Noten bekommst, schreibst du dich für den nächsten Herbst für ein Vollstudium ein. Ich kann mir freinehmen und mit dir zur Bank gehen, wenn –«

»Nein, nein … raus mit dir«, sagte sie und schob Eve zur Tür. »Ich bin sehr wohl in der Lage, allein hinzugehen.«

»Ich weiß, dass du dazu in der Lage bist, aber *tust* du es auch? Heute?«

»Ja, versprochen. Sobald die Jungs auf dem Weg in die Schule sind.« Egal, ob sie Angst hatte oder nicht, sie würde es tun. Immerhin war es ja möglich, dass die Bank ihren Kreditantrag ablehnte, dann konnte sie ihre Pläne neu überdenken.

Eine Stunde später war Audrey schon wieder ganz nervös, als sie die schwere Tür zur Spar- und Kreditbank aufzog. Die Bank an der Hauptstraße der kleinen Stadt war ein riesiges, hallenartiges Gebäude, dessen elegante Marmorsäulen an einen griechischen Tempel erinnerten. Wenn der Architekt es mit dem Ziel entworfen hatte, Audrey ein Gefühl der Unzulänglichkeit und Wertlosigkeit zu vermitteln, dann war es ihm gelungen. Der übergroße Weihnachtsbaum in der Mitte des Foyers und die Lamettagirlanden, die sich um die beeindruckenden Säulen wanden, milderten diese Wirkung auch nicht gerade ab. Audrey fühlte sich immer noch ein wenig wie der »Feige Löwe«, der sich dem schrecklichen Zauberer von Oz nähert. Ihre Stiefelabsätze machten auf dem Marmorfußboden ein lautes Geräusch, als sie zum Empfangstresen ging. »Guten Morgen, mein Name ist Mrs Barrett. Ich habe einen Termin mit einem Kreditberater.«

»Ja, er erwartet Sie schon, Mrs Barrett. Wenn Sie mir bitte folgen wollen.«

Audrey spähte in den Tresorraum, an dem sie vorbeikamen, und staunte über die Dicke der Tür, während sie sich fragte, welche Schätze wohl in den Dutzenden Schließfächern lagen. Als sie sich umdrehte, um weiter der Rezeptionistin zu folgen, stand Mr Hamilton dort, der Leiter der Jungschar und ihr Ersatzvater beim Weihnachtsumzug. Audrey spürte, wie ihre Wangen warm wurden.

»Oh! H-hallo, Mr Hamilton.«

»Freut mich, Sie zu sehen, Mrs Barrett.« Er gab ihr die Hand und die Empfangsdame verschwand. »Bitte kommen Sie in mein Büro und setzen Sie sich.« Der Duft von Rasierwasser umgab ihn, während er ihr aus dem Mantel half und auf einen Stuhl zeigte. Er war ein wahnsinnig attraktiver Mann mit dichten, leicht gewellten blonden Haaren, die er aus dem breiten Gesicht gekämmt hatte, und einem vorwitzigen Grübchen in der Wange, wenn er lächelte. Audrey bemerkte die feine Qualität seines maßgeschneiderten Anzugs, das gestärkte weiße Hemd und die teure Seidenkrawatte. Selbst das passende Einstecktuch im Jackett sah perfekt aus.

Mr Hamiltons Kleidung und Art lösten eine ganze Lawine an Erinnerungen aus, die Audrey unter Vorkriegsbildern von endlosen Abendessen in eleganten Restaurants begruben, mit Tänzen zur Musik von Streichorchestern und trägen, langweiligen Männern, die ihr Leben in der Oberschicht für ganz und gar selbstverständlich hielten. Audreys Mutter, die Tochter eines Earls, war entschlossen gewesen, eine »gute Partie« für Audrey zu finden. Wie froh Audrey doch darüber gewesen war, dass sie stattdessen einen gütigen und liebevollen Ehemann in Robert gefunden hatte – jemanden, mit dem sie Träume und Lebensziele teilen konnte.

»Wie ich sehe, haben Sie die Weihnachtsparade heil überstanden«, sagte Mr Hamilton. Die Bilder verschwanden und zurück blieb nur die Erinnerung an den peinlichen Augenblick, in dem ihr Sohn diesen Mann angefleht hatte, sein Vater zu sein.

»Äh … ja. Danke, dass Sie sich gestern die Zeit genommen haben, den Jungen zu helfen. Das war sehr freundlich von Ihnen.«

»Bobby ist ein netter Junge. In der Gruppe bei den anderen Jungen war er zuerst etwas schüchtern – das genaue Gegenteil von seinem Freund Harry. Aber inzwischen beteiligt er sich mehr.«

»Er geht wirklich gerne hin. Eve und ich sind froh, dass die beiden die Gelegenheit haben, mit anderen Jungen in ihrem Alter zu spielen und …« *Ein männliches Vorbild zu haben.* Audrey beendete den Satz nicht.

Mr Hamilton brach das verlegene Schweigen. »Ich kannte Ihren Mann, Mrs Barrett. Eigentlich kannten alle in der Stadt Bob. Ihr Verlust tut mir sehr leid. Und auch Bobbys Verlust. Es war eine schreckliche Tragödie.«

»Danke.« Audrey hoffte, er würde das Thema wechseln, aber er sprach weiter.

»Ich war in der Schule einen Jahrgang über ihm, aber die Viererbande, wie er und seine Freunde überall hießen, hatte bei jedem Sport die Nase vorn, ob es Baseball oder Basketball war. Ich habe Football mit Bob und seinen Freunden gespielt – die amerikanische Fassung natürlich, nicht das, was Briten unter Football verstehen.«

»Ja, mir ist klar, dass es eine ganz andere Sportart ist.«

»Ich war einer der kräftigen Typen, die unsere Gegner angegriffen haben. Bob war Quarterback. Er hatte einen starken Wurfarm.«

Audrey räusperte sich, um einen Kloß hinunterzuschlucken, der sich in ihrer Kehle gebildet hatte. Sie war wütend auf sich selbst, weil sie immer noch so emotional reagierte, wenn jemand über Robert sprach. Sie versuchte, das Thema zu wechseln. »Haben Sie selbst auch Kinder im Vorschulalter? Haben Sie deshalb die Leitung der Jungschar übernommen?«

»Ich bin nicht verheiratet. Die Gemeinde ist immer auf der

Suche nach Mitarbeitern, also habe ich mich freiwillig gemeldet, weil ich als Kind selbst gerne in so einer Gruppe war.«

»Das ist schön. Äh … vielleicht sollten wir jetzt über das Geschäftliche reden?«, sagte Audrey und räusperte sich erneut. »Ich wollte erklären, warum ich diesen Kredit beantragen will. Es ist ein bisschen kompliziert, müssen Sie wissen –«

»Vielleicht kann ich Ihnen das ersparen, wenn ich Ihnen sage, dass ich schon einiges über Sie weiß. Sie sind Britin, was man bereits an Ihrem reizenden Akzent erkennt – und soweit ich weiß, haben Bob und Sie geheiratet, als er während des Krieges in Europa war.«

»Als ich die Nachricht von seinem Unfall erhielt, war ich noch in England und habe dann beschlossen dortzubleiben. In der Zwischenzeit hat meine Freundin Eve Dawson … also …«

»Dies ist eine Kleinstadt, Mrs Barrett, und ich spiele im Country Club Golf. Alle wissen, was passiert ist.«

»Aber das liegt jetzt alles hinter uns. Eve und ich wohnen zusammen in dem Haus, das Robert für mich gebaut hat, und ziehen unsere Söhne gemeinsam groß.«

»Nicht jeder wäre so vergebungsbereit, wie Sie es waren.«

»Eve ist meine beste Freundin«, erwiderte Audrey kurz angebunden und mit schärferem Tonfall. »Ich werde nichts Negatives über sie sagen. Und ich werde auch nicht zulassen, dass jemand anders schlecht über sie redet.«

»Es tut mir leid. Ich wollte nicht –«

»Eve und ich würden diese ganze Sache wirklich gerne hinter uns lassen und noch einmal von vorne anfangen. Wir haben auch überlegt, in eine andere Stadt zu ziehen, wo uns niemand kennt, aber wir hatten das Gefühl, es wäre Roberts Eltern gegenüber nicht fair, ihnen ihre Enkel wegzunehmen. Sie betrachten Harry nämlich ebenso als ihren Enkel wie Bobby. Sie waren Eve und mir gegenüber sehr großzügig.«

»Ich bewundere Ihren Mut, in einem neuen Land einen Neuanfang zu wagen.«

»Na ja, wir hatten ja beide eigentlich keine andere Wahl. Jedenfalls, wenn Sie meine Situation bereits kennen, können wir doch jetzt über den Kredit sprechen, nicht wahr?« Audrey wusste, dass sie abweisend und unterkühlt klang, aber etwas an seinem teuren Anzug und der Selbstverständlichkeit, mit der Mr Hamilton vom Golfen im Country Club sprach, missfiel ihr.

»Natürlich.« Er faltete die Hände auf seinem Schreibtisch und wartete, als hätte er Angst, noch etwas zu sagen und sie erneut zu beleidigen.

»Ich möchte gerne eine Ausbildung zur Krankenschwester machen und dafür im Herbst am College ein Studium beginnen, wenn Bobby den ganzen Tag in der Schule ist. Der Kredit würde meine Studiengebühren und andere Ausgaben für den zweijährigen Kurs abdecken. Wenn ich meinen Abschluss habe und eine Arbeit gefunden habe, will ich den Kredit zurückbezahlen.«

»Wie kommen Sie ausgerechnet auf Krankenpflege?« Die Frage brachte sie momentan aus der Fassung.

»Im Krieg haben Eve und ich uns beim Frauenhilfsdienst der Armee gemeldet und sind Krankenwagen gefahren. Wir haben eine Grundausbildung in Erster Hilfe erhalten und ich habe schnell gemerkt, dass ich gerne Menschen helfe. Ich glaube, es wäre ein passender Beruf, mit dem ich in Zukunft den Lebensunterhalt für meinen Sohn und mich verdienen kann.«

Mr Hamilton sah sie an, ohne etwas zu sagen. Es kam Audrey wie eine Ewigkeit vor. Es verunsicherte sie, dass sie nicht wusste, was er dachte. Sie vermutete jedoch, dass er wie die meisten Männer gegen eine Berufstätigkeit von Frauen mit kleinen Kindern war.

Als sein Schweigen unangenehm wurde, zog Audrey die Unterlagen, die sie mitgebracht hatte, aus ihrer Handtasche. »Ich habe die Besitzurkunde für das Haus, das Robert für mich gebaut hat, das kann ich hoffentlich als Sicherheit einbringen. Auf dem Haus liegt keine Hypothek und die Urkunde ist auf meinen Namen ausgestellt. Dieses zweite Blatt ist eine Aufstellung der Kosten für Unterricht und Material wie Bücher und Laborkosten, die für die zweijährige Ausbildung anfallen.« Sie schob die Papiere über den Tisch, und als Mr Hamilton sich vorbeugte, um sie zu nehmen, stieg ihr wieder der Duft seines Rasierwassers in die Nase. Die Sehnsucht nach Robert überwältigte sie beinahe. »Wie Sie sehen, habe ich Einstiegsgehälter für Krankenschwestern im Regionalkrankenhaus und bei anderen möglichen Arbeitgebern aufgelistet, die im Moment Pflegekräfte suchen.«

»Sie sind sehr gut vorbereitet.« Er legte die Blätter auf den Tisch und faltete wieder die Hände darauf. »Verzeihen Sie, wenn ich zu forsch erscheine, Mrs Barrett, aber ich kenne den Vater Ihres Mannes recht gut. Meine Familie und seine unterhalten seit vielen Jahren eine Geschäftsbeziehung. Mein Großvater war Gründungsmitglied der Bank und die Barretts waren die Hauptinvestoren. Das Treuhandvermögen, das sie für Robert eingerichtet haben und das nach meinen Informationen jetzt Ihnen und Ihrem Sohn gehört, wird von dieser Bank betreut.«

»Das ist mir bewusst. Deshalb bin ich ja auch zuerst zu dieser Bank gekommen.«

»Dann wissen Sie ja sicherlich auch, dass es nicht nötig ist, eine Hypothek auf Ihr Haus aufzunehmen. Die Familie Ihres Mannes würde Ihnen doch gewiss ein zinsloses Darlehen für die Studiengebühren geben, oder?«

Audrey senkte den Blick. »Ich hatte gehofft, nicht darüber sprechen zu müssen … aber ich fürchte, die Barretts verstehen meinen Wunsch, einen Beruf auszuüben, nicht. Erst recht nicht, dass ich Krankenschwester werden will, denn sie betrachten diesen Beruf als gewöhnlich und würdelos.«

»Das haben sie gesagt?«

Audrey starrte auf ihren Schoß und erinnerte sich an die Worte ihres Schwiegervaters und die Zurückweisung, die sie empfunden hatte, als er ihre Pläne mit einer Handbewegung weggewischt hatte. Und sie erinnerte sich daran, wie sie durch das zerstörte Coventry gefahren war, nachdem die Nazis die Stadt eine Nacht lang bombardiert hatten, und den leidenden Menschen dringend nötige Hilfe gebracht hatte. Sie hätte an dem Morgen in Wellingford Hall bleiben können, wo sie in Sicherheit war, aber sie hatte sich geschworen, sich nicht von Elend und Not abzuwenden und mit ihrem Leben etwas Nützliches anzufangen.

»Mr Barrett hat sein Missfallen zum Ausdruck gebracht, als ich sagte, ich wolle Krankenschwester werden, und sofort darauf hingewiesen, dass keine der anderen jungen Mütter in Ihrem Country Club einen Beruf ausübt. Ich glaube, er und Mrs Barrett hoffen, dass ich es mir anders überlege und mich damit zufriedengebe, von ihrem sehr großzügig ausgestatteten Treuhandvermögen zu leben. Aber ich habe nicht die Absicht, meine Tage mit Einkaufen und Teetrinken und Tennisspielen zu verbringen.«

Mr Hamiltons Gesichtsausdruck hatte etwas an sich, das Audrey nicht recht deuten konnte, und es kam ihr beinahe so vor, als hätte er Mühe, sich ein Lächeln zu verkneifen. Es machte sie wütend. »Robert und ich haben viele Pläne geschmiedet, wie wir nach dem Krieg leben wollten, und keiner von uns beiden hatte etwas für ein Leben in sinnlosem Luxus übrig. Wie Robert bin auch ich mit Reichtum und Privilegien aufgewachsen und meiner Erfahrung nach ist es ein leeres Leben. Im Krieg haben alle zusammengearbeitet, um England zu retten – Reiche und Arme Seite an Seite –, und keine Arbeit war zu erniedrigend. Endlich hatte ich das Gefühl, einen Beitrag zu leisten und etwas Gutes in dieser Welt zu tun.«

»Ihre Schwiegermutter ist in verschiedenen Wohltätigkeitsorganisationen –«

»Mrs Barrett kann mit ihrem Geld tun und lassen, was sie will. Ich habe das Geld, das unter meinem Namen in der Bank liegt, nicht selbst verdient, Mr Hamilton. Außerdem will ich den Menschen mit meinen eigenen Händen dienen, von Angesicht zu Angesicht, nicht, indem ich einen Scheck ausstelle. Robert wäre sehr enttäuscht, wenn ich das untätige Leben führen würde, das er ganz bewusst hinter sich gelassen hat. Unsere Absicht war, unabhängig vom Familienvermögen zu leben. Fleißig zu arbeiten und unseren eigenen Weg zu gehen. Und unserem Sohn beizubringen, dass Arbeit gut für ihn ist.«

»Ich verstehe.«

Seine Miene war nicht zu durchschauen. Audrey fuhr fort: »Ich fürchte, ich habe meine Worte nicht gut gewählt und es klingt, als wollte ich die Barretts und ihren Lebensstil verurteilen. Wenn ich diesen Eindruck erweckt habe, verzeihen Sie bitte. Das war ganz und gar nicht meine Absicht. Ich möchte nur meine eigenen Entscheidungen treffen und diese Ausbildung ist das, wofür ich mich entschieden habe.«

»Das verstehe ich.«

Verstand er es wirklich? Audrey fragte sich, ob sie eine unsichtbare Grenze überschritten hatte und zu scharf und wertend gewesen war, als hätte sie versucht, Mr Hamilton von ihren eigenen Ansichten zu überzeugen. Sie holte tief Luft, um sich zu beruhigen. »Sie haben sicher sehr viel zu tun und ich rede und rede. All die Gründe für meine Entscheidungen brauchen Sie ja gar nicht zu kennen. Sie müssen nur wissen, dass ich einen Kredit beantragen will und mein Haus dafür als Sicherheit dienen soll.« Dann kam ihr noch ein Gedanke. »Ich habe gar nicht darüber nachgedacht, dass Sie vielleicht die Geschäftsbeziehung Ihrer Bank mit Mr Barrett nicht gefährden wollen, indem Sie mir sozusagen hinter seinem Rücken einen Kredit geben. Wenn das so ist, habe ich Verständnis dafür und werde mich an eine andere Bank –«

»Ich versichere Ihnen, das wird kein Problem sein.« Mr Hamilton öffnete den Mund, als wollte er noch mehr sagen, zögerte aber dann einen Moment. »Wenn ich nur eines sagen darf, Mrs Barrett … ich bin äußerst beeindruckt und überrascht von Ihrer Entschlossenheit. Sie haben unverstellbares Leid ohne Selbstmitleid gemeistert und Sie wissen ohne jeden Zweifel, wie Sie Ihr Leben gestalten wollen. Es gibt nicht viele Menschen in unserem Alter, von denen man das sagen kann. Ich bewundere Ihren Mut und Ihre Zielstrebigkeit und wünsche Ihnen viel Erfolg – in Ihrem Beruf und dabei, Ihren Sohn großzuziehen. Er kann sich glücklich schätzen, eine so bemerkenswerte Mutter zu haben.«

»Das ist sehr freundlich von Ihnen.« Wieder fühlte Audrey ihre Wangen warm werden. »Und jetzt wegen des Kredits …?«

»Ich befürworte Ihren Antrag sehr gerne und werde ihn selbst bearbeiten.« Er öffnete eine Schublade in seinem Schreibtisch und zog einige Unterlagen heraus. »Der erste Schritt ist, dieses Formular auszufüllen. Später wird die Bank sich das Haus ansehen wollen, um den Wert Ihrer Immobilie einzuschätzen. Aber das dürfte kaum ein Hindernis sein, da Sie ja wohl in einem neueren Haus in einem respektablen Viertel wohnen.«

Audrey fragte sich, woher er wusste, wo sie wohnte. »Danke. Ich bin Ihnen für Ihre Hilfe sehr dankbar, Mr Hamilton.«

Er schob ihr die Papiere und einen Stift über den Tisch zu. »Ich fange schon mit den restlichen Formalitäten an, während Sie das ausfüllen. Keine Sorge wegen des Teils unten, in dem es um ›andere Sicherheiten‹ geht. Wir haben die Beträge Ihres Treuhandvermögens in den Akten.«

»Werden diese Formalitäten lange dauern? Bobby und Harry kommen kurz vor zwölf aus dem Kindergarten nach Hause.«

Und sie hatte nicht das Bedürfnis, länger als nötig in Mr Hamiltons Büro zu sitzen.

»Füllen Sie einfach Ihre persönlichen Daten aus, dann erledige ich den Rest. Wir brauchen natürlich noch Ihre Unterschrift, aber das können wir später machen.«

Einige Minuten später war sie fertig und schob das Blatt zu ihm zurück. »Ist das dann für heute alles?«

»Ja.« Sie standen beide auf und er gab ihr die Hand. »Es war mir ein Vergnügen, Mrs Barrett.« Er kam hinter dem Schreibtisch hervor, um ihr in den Mantel zu helfen. »Wie ich sehe, hat es wieder angefangen zu schneien. So viel Schnee haben Sie in London wahrscheinlich nicht oft, oder?«

»Nicht sehr oft, nein.« London schien ihr in diesem Moment sehr weit weg, als wäre es ein Ort, von dem sie nur geträumt hatte.

Als Audrey nach Hause kam, war noch reichlich Zeit, bis der Schulbus der Jungen kam. Sie nahm ihren Hut ab und zog statt des Kostüms Hose und Pullover an. Beim Blick in den Spiegel sah sie, dass Eve den Brief mit ihren Collegenoten gut sichtbar hinter den Rahmen geschoben hatte. *Wir müssen feiern!*, hatte sie auf den Umschlag geschrieben.

Audrey lächelte. Eve war eine wunderbare Freundin, die sie bei ihren Plänen unterstützte und die sich an ihren Erfolgen freute. Zunächst war Audrey nicht sicher gewesen, ob sie nach all den Jahren noch einmal die Schulbank drücken konnte, weil sie fürchtete, sie könnte mit den Aufgaben nicht zurechtkommen oder sich unbehaglich fühlen, mit ihren zweiunddreißig Jahren noch eine Ausbildung zu machen. Aber es hatte noch andere erwachsene Studenten in dem Kurs gegeben, vor allem Männer, die wegen ihres Kriegsdienstes ein Studium nachholten.

Sie fühlte, wie ihr die Tränen kamen, und musste sich auf die Bettkante setzen. Robert hätte mit ihr und ihrem Sohn hier in diesem Bungalow wohnen sollen. Sie hatten ihre Träume gemeinsam verwirklichen wollen. Als sie Robert nach Kriegsende zum Abschied geküsst hatte, bevor er nach Hause gereist war, wäre ihr nie der Gedanke gekommen, dass sie ihn zum letzten Mal im Arm hielt. Er hatte ihr zum ersten Mal im Leben das Gefühl gegeben, geliebt und verehrt zu werden, und sie fürchtete, dass sie dieses Gefühl nie wieder erleben würde.

Audrey holte tief Luft und stand auf. Bald würden die Jungen heimkommen. Sie musste sich zusammenreißen und das Mittagessen vorbereiten. Als sie ihre Tränen abwischte, bemerkte sie, dass ihre Hand noch ganz leicht nach Mr Hamiltons Rasierwasser duftete, nachdem er ihr die Hand gegeben hatte. Sie ging ins Bad und wusch den Geruch ab.

Als die Jungen zur Tür hereingestürmt kamen, mit ihren Gummistiefeln schmutzige Pfützen auf dem Linoleum hinterließen und ihre nassen Handschuhe und Schneehosen im Flur auf den Boden fallen ließen, war Audrey gerade dabei, Käsetoast zu überbacken.

»Hängt die Sachen bitte an die Haken«, forderte sie die beiden auf.

Bobby gehorchte und zog dann an Audreys Schürze. »Können wir jetzt das Buch haben, Mom?«

»Welches Buch?«

»Das Wünsche-Buch.« Er zeigte auf den Kühlschrank, auf dem Audrey den Katalog am Morgen abgelegt hatte. »Du hast versprochen, dass wir einen Brief an Santa Claus schreiben können, weißt du noch?«

»War der Postbote schon da?«, fragte Harry. »Ist es zu spät, um den Brief abzuschicken?«

»Es sind noch neunzehn Tage bis Weihnachten. Ihr habt noch jede Menge Zeit, eure Briefe zu schreiben und abzuschicken.«

Bobby zog wieder an ihrer Schürze. »Aber können wir das Buch jetzt haben?«

»Nach dem Mittagessen. Und dann beschränkt ihr eure Liste auf ein paar Spielsachen, die ihr am liebsten hättet, o. k.? Santa soll doch nicht denken, dass ihr gierig seid, oder?«

»Aber das sind *alles* meine Lieblingsspielsachen, Mummy!«

Audrey seufzte. Die Sache lief eindeutig aus dem Ruder. Sie bereute inzwischen, dass die Jungen das Wünsche-Buch jemals in die Finger bekommen hatten. Sie ging zum Kühlschrank, um Milch herauszuholen, und hörte, wie Harry leise sagte: »Wir zeigen Nana das Buch. Sie kauft uns alles.«

Audrey dachte an ihre Unterhaltung mit Mr Hamilton in der Bank. Sie hatte ihm verständlich gemacht, was sie über zu viel Luxus und einen angemessenen Umgang mit Reichtum dachte, aber die Barretts zu überzeugen, würde weitaus schwieriger sein. Und Bobby. Eve und sie hatten versucht, die Kinder entsprechend zu erziehen, indem sie beiden Aufgaben im Haus gaben und ein kleines Taschengeld. Aber der Überfluss an Geschenken von Nana musste aufhören. Audrey zog einen Küchenstuhl heraus und setzte sich den Jungen gegenüber an den Tisch.

»Jetzt hört mal zu, ihr zwei. Nana wird euch nicht alles kaufen, was ihr im Wünsche-Buch seht. Und ich will nicht, dass ihr sie damit belästigt.«

»Warum nicht?«, fragte Bobby.

»Es ist doch Weihnachten«, fügte Harry hinzu. »Sie kauft uns immer ganz viele Spielsachen zu Weihnachten.«

»Weil wir weder von Santa noch von irgendjemand anderem Geschenke verlangen, auch wenn sie so großzügig sind wie Nana. Bei Weihnachten geht es um etwas anderes als um Geschenke.«

»Um was denn?«, fragte Bobby.

Audrey hatte keine Ahnung, wo sie anfangen sollte. Eve und sie mussten sich einen Plan überlegen. Und zwar schnell! »Wir reden weiter darüber, wenn Harrys Mum nach Hause kommt. Und jetzt esst, bevor eure Toasts kalt werden.«

Die beiden nickten feierlich und bissen in ihren Käsetoast. Aber als Audrey wieder in die Küche kam, nachdem sie den Müll hinausgebracht hatte, sah sie, dass die Jungen einen Stuhl zum Kühlschrank gezogen und das Wünsche-Buch stibitzt hatten.

Nach dem Essen fand sie die beiden in ihrem Zimmer in einer Art Zelt, das sie sich aus dem unteren Stockbett und ein paar Decken gebaut hatten. Sie hatten den Katalog bei den Spielsachen aufgeschlagen und flüsterten: »Ich will diese Soldaten hier … und, ohhh, diese Bauklötze auch …«

Kapitel 3

17 Tage vor Weihnachten

Am Samstagmorgen lockten Eve und Audrey Harry und Bobby von ihren Fernsehsendungen weg, um zu Tom Vandenbergs Hof zu fahren, wo sie einen Weihnachtsbaum schlagen wollten. Eve liebte die Farm und die hügelige Landschaft, die unter der frischen Schneedecke malerisch und reizvoll aussah. Die Gegend hier erinnerte sie immer an das ländliche England, in dem sie aufgewachsen war, zuerst in dem Cottage ihrer Großmutter und später als Dienstmädchen in Wellingford Hall, Audreys herrschaftlichem Anwesen.

Granny Maud hatte immer davon erzählt, wie Eves Daddy, der gestorben war, bevor Eve geboren wurde, sich um seine Schafe gekümmert hatte. Manchmal hatte sich eins von ihnen unterm Zaun hindurchgezwängt und war auf Abwege geraten. Dann hatte Daddy danach gesucht und es nach Hause geholt, so wie der Hirte in der Geschichte, die Jesus erzählt hat. Eve hatte gesehen, dass Tom mit den neugeborenen Lämmern ebenso fürsorglich umging.

Silbrig glänzende Eiszapfen baumelten wie Schmuck vom Dach des Bauernhauses. Schafe wanderten in ihrem dicken Winterfell über den verschneiten Hof, während schwarz-bunte Kühe am Zaun standen und ein braunäugiges Begrüßungskomitee bildeten. Der Wald hinter der Farm war Eves Zufluchtsort gewesen und Tom ihr engster Vertrauter in den Jahren, als sie vorgegeben hatte, Audrey zu sein. Harry hatte Toms Eltern Grandma und Grandpa Van genannt. Seine Mutter war für Eve wie eine zweite Mutter geworden. Zum Glück hatte Eves Freundschaft mit den Vandenbergs überlebt, nachdem Eve gebeichtet hatte, aber sie hatte noch immer das Gefühl, dass die Schande ihr nachhing und ihren Weg in die Zukunft verdunkelte.

Ihre Sünden waren unermesslich – der Ehebruch, der zu Harrys Empfängnis geführt hatte; die Art, wie die Menschen, die sie in Amerika lieben gelernt hatte, von ihr belogen worden waren; und das Geld, das sie für sich und Harry aus der Lebensversicherung und dem Treuhandvermögen verbraucht hatte, das Robert Barrett eigentlich für seine Familie gedacht hatte.

Tom und seine Mutter hatten ihr beide versichert, dass Gott ihr vergeben würde, wenn sie ihn darum bat. Eve *hatte* Gott um Vergebung gebeten und sie wusste, dass er ihr vergeben hatte. So wie die Vandenbergs und die Barretts – und sogar Audrey – es getan hatten. Tom sagte, dass sie ganz von vorn anfangen konnte, nachdem Jesus sie von ihrer Schuld befreit hatte. Gott vergab und vergaß Eves Vergangenheit. Wenn Eve doch nur sich selbst vergeben und vergessen konnte, wie sehr sie die Menschen verletzt hatte, dir ihr im Leben am meisten bedeuteten! Es war Eve wichtig, Audrey das Geld nach und nach zurückzuzahlen, um für ihre Fehler einzustehen.

Die Jungen sprangen vom Rücksitz des Wagens, um zu Tom zu laufen, als er mit einem großen hölzernen Schlitten aus der Scheune kam. »Ist der für uns, Onkel Tom? Ist der Schlitten für uns?«, fragte Harry, während er vor lauter Aufregung auf und ab hüpfte.

Tom ging in die Hocke, um ihnen den Schlitten zu zeigen. »Ja. Dieser Schlitten hat mir gehört, als ich ein Kind war. Dein Vater ist auch damit gefahren, Bobby. Ich habe gerade die Kufen gewachst und jetzt ist er wieder schnell wie der Wind.«

Der liebe, gütige Tom war einer der engsten Freunde von Robert Barrett gewesen und er war ein Mann, auf den Eve sich hundertprozentig verlassen konnte, das wusste sie. Sie blickte über die Weide zu den Bäumen in der Ferne hinüber und atmete den frischen Landgeruch ein. Immer, wenn sie nach einer hektischen Arbeitswoche hierherkam, hatte sie das Gefühl, wieder richtig atmen zu können. Das Farmhaus, immer warm und gemütlich, stand in seinen ältesten Teilen seit mehr als 150 Jahren und beherbergte bequeme Möbel, Familienerbstücke und Erinnerungen an Generationen von Vandenbergs. Hier fühlte Eve sich mehr zu Hause als in dem Bungalow, den sie mit Audrey teilte, und doch schien es ihr nicht richtig, es jemals als ihr Zuhause zu betrachten. Jedes Mal, wenn sie herkam, war sie hin- und hergerissen zwischen der Sehnsucht, sich an diesem Hof und seinen Bewohnern zu freuen, die sie liebte, und dem Gefühl, dass sie ein solches Glück nicht verdient hatte.

»Ich dachte, ihr Jungs wollt vielleicht eine Runde Schlitten fahren, bevor wir euren Weihnachtsbaum aussuchen«, sagte Tom. »Der Hügel da drüben ist genau der richtige Ort dafür.« Er stand wieder auf und wandte sich an Eve und Audrey. »Ist das für euch beide in Ordnung?«

»Es wird ihnen bestimmt viel Spaß machen«, erwiderte Audrey.

»Ich glaube, meine Mutter hat vor, ihnen anschließend was zu essen zu machen«, fügte Tom hinzu.

»Klingt herrlich«, lächelte Eve.

»Ich will einen Schlitten zu Weihnachten!«, sagte Harry, als sie durch die Schneewehen zu dem Schlittenhügel stapften.

»Ich auch! Ich auch!«, krähte Bobby.

»Wir haben den Brief an Santa ja noch nicht geschrieben, da können wir noch den Schlitten dazuschreiben.«

»Schreib noch zwei Schlitten auf«, sagte Bobby zu seiner Mutter. »In Ordnung? Vergiss es nicht.« Eve sah Audrey an und verdrehte die Augen.

»Ihr macht einen Wunschzettel für den Weihnachtsmann?«, fragte Tom.

»Wir suchen uns alle Spielsachen aus, die hier drin sind.« Bobby blieb stehen und zog den Sears-Katalog unter seiner Jacke hervor.

Eve stöhnte. Sie hatte Harry durchsucht, bevor sie das Haus verlassen hatten, aber nicht daran gedacht, auch Bobby zu filzen.

»Du hast das Wünsche-Buch mitgebracht?«, fragte Audrey. »Ich fasse es nicht!«

»Sie wollen alles aus der Spielzeugabteilung«, erklärte Eve Tom. »Diese ganze Wünscherei läuft allmählich aus dem Ruder.«

Bobby zog seine Fäustlinge aus, um Tom den Katalog zu zeigen, der in die Hocke ging, um ihn sich anzusehen. Das Buch fiel schon automatisch auf den Seiten mit dem Spielzeug auf.

»Wir wollen solche Gewehre zu Weihnachten«, sagte Harry. »Die schießen mit Korken.«

»Und die Pistole mit dem Halfter auf der nächsten Seite wollen wir auch haben«, fügte Bobby hinzu.

»Ihr kennt den Katalog *auswendig?*« Eve starrte die beiden ungläubig an.

Tom betrachtete geduldig die Seiten, während die Jungen über Gewehre und Platzpatronen und Lederhalfter plauderten.

»Bringst du uns das Schießen bei, Onkel Tom?«, fragte Harry. »Du kannst doch schießen, weil du im Krieg warst, oder?«

Tom richtete sich auf, ohne zu antworten. Er sprach nie über den Krieg und darüber, dass er in Italien verwundet worden war. »Ach, ich habe ganz vergessen zu fragen«, sagte er. »Wie war denn die Weihnachtsparade neulich?«

»Zuerst ganz schlecht«, erwiderte Harry. »Wir brauchten einen Daddy.«

»Also haben wir Mr Hamilton gefragt, ob er unser Daddy sein kann«, ergänzte Bobby.

Tom warf Eve einen fragenden Blick zu.

»Mr Hamilton war so freundlich, die Jungs hochzuheben, damit sie etwas sehen konnten«, erklärte sie. »Er leitet die Jungschar in der Gemeinde und war zufällig in der Nähe.«

Harry zog an Toms Hand. »Vielleicht kannst du ja nächstes Mal mein Daddy sein, Onkel Tom, dann muss Mr Hamilton uns nicht beide hochheben. Bitte?«

Eve hielt die Luft an, weil sie Toms Reaktion fürchtete. Auch diesmal antwortete er nicht, während er weiter zum Schlittenhügel hinterm Farmhaus ging. Er pfiff nach dem Hund, der mit wedelndem Schwanz herbeigelaufen kam. »Da bist du ja, Champ. Du hast Harry und Bobby noch gar nicht Hallo gesagt.«

Eve zog das Wünsche-Buch aus Bobbys Händen, als die Jungen sich auf den gutmütigen Mischling stürzten und ihn umarmten und streichelten. Ihre Jacken würden später nach nassem Hund riechen, aber sie spielten einfach zu gerne mit ihm. Eve war erleichtert, dass die Unterhaltung sich nicht mehr darum drehte, dass ihr Sohn einen Vater brauchte, aber dann sagte Harry plötzlich: »Ich will zu Weihnachten auf *jeden* Fall einen Hund.«

»Dann wünschen wir uns einen von Santa!«, rief Bobby.

Wieder sah Eve zu Audrey hinüber und schüttelte frustriert den Kopf. Toms Hund folgte ihnen bis auf die Hügelkuppe und sprang fröhlich herum, während Tom die Jungen auf seinen Schlitten setzte. Nachdem er Harry gezeigt hatte, wie man das Gefährt lenkte, schob er den Schlitten an und stieß ihn dann kräftig vorwärts, sodass sie lachend und kreischend den Hügel hinunterrasten. Der Hund rannte hinterher und bellte und sprang und rannte dann keuchend den Hügel wieder hinauf, als die Kinder den Schlitten nach oben zogen.

»Diesmal will *ich* lenken«, sagte Bobby.

»Was haben die Jungs nur für eine grenzenlose Energie«, staunte Eve.

Doch nachdem die Jungen mehrmals den Hügel hinaufgestiegen waren, schienen selbst sie müde zu werden. Ihre Schneehosen waren triefnass, aber ihre Wangen glühten. Tom setzte sie noch einmal auf den Schlitten und zog sie über die Weide zum Waldrand, wo sie einen Weihnachtsbaum aussuchen wollten. Eve atmete den Duft der Kiefern ein, der in der Luft lag. »Ich leide jedes Mal, wenn ein Baum geschlagen wird«, sagte sie. »Das ist doch ein Lebewesen, das zum Wachsen Jahre gebraucht hat.«

»Ich weiß«, grinste Tom. »Das sagst du jedes Jahr.« Er wandte sich an Audrey. »Und jedes Jahr sage ich, dass mein Urgroßvater diesen Hain extra für Weihnachtsbäume angepflanzt hat. Jedes Jahr hat er sechs neue Bäume gesetzt, damit unsere Familie immer genügend Nachschub hat.«

»Man muss ein vorausschauender Mensch sein, um so weit in die Zukunft zu planen«, sagte Audrey.

»Einen Baum zu kaufen, ist einfach nicht dasselbe, wie ihn selbst zu schlagen und nach Hause zu tragen«, sagte Tom. »Ich habe die Tradition fortgesetzt und dieses Jahr die hier gepflanzt.« Er zeigte auf eine Reihe Bäume, die kaum einen Meter hoch waren. »Für meine Enkel, hoffe ich.« Als er das sagte, sah er Eve an. Seine Hand lag leicht auf Harrys Kopf. Eve musste sich abwenden, bevor die Liebe, die sie in Toms Augen sah, sie mit Haut und Haar verschlang.

Sie liefen mehrere Minuten durch das Waldstück und begutachteten jeden Baum, weil sie das vollkommene Exemplar suchten. Harry blieb neben einem Baum stehen, der Tom mindestens einen halben Meter überragte. »Wir brauchen diesen richtig großen Baum, Onkel Tom, damit darunter genug Platz für ganz viele Geschenke ist.«

»Der ist viel zu groß für unser kleines Haus«, erklärte Eve.

»Wir würden ihn ja nicht mal durch die Tür kriegen und selbst dann wäre die Decke gar nicht hoch genug.« Die meisten anderen Bäume, die die Jungen aussuchten, waren auch zu groß, aber irgendwann fand Tom eine wunderschöne Waldkiefer, die genau die richtige Größe hatte.

»Können wir dir beim Umhauen helfen, Onkel Tom?«, fragte Harry.

»Wir sind auch ganz vorsichtig«, fügte Bobby hinzu.

»Ich weiß nicht … Diese Axt ist ziemlich schwer«, antwortete Tom zu Eves Erleichterung. »Vielleicht nächstes Jahr, in Ordnung? Dann bringe ich eine Axt mit, die für euch besser geeignet ist.«

Als Tom den Baum geschlagen und auf den Schlitten geladen hatte, um ihn zum Farmhaus zurückzuziehen, waren Eves Zehen ganz gefühllos vor Kälte. »Ich glaube, Grandma Van hat Hühnersuppe mit Nudeln und heißen Kakao für euch«, sagte Tom zu den Jungen, als sie beim Bauernhof ankamen. Eve wollte den Kindern ins Haus folgen, aber Tom hielt sie zurück. »Warte, Eve. Können wir reden?«

Eve ahnte schon, was gleich kommen würde, und ihr graute vor dieser Unterhaltung.

Tom kaute auf seiner Unterlippe und starrte auf den Boden, als wüsste er nicht, wo er anfangen sollte. Dann blickte er wieder zu ihr auf. »Eve, es geht mir sehr nahe, wie Harry davon spricht, dass er sich einen Daddy wünscht. Du weißt, was ich für dich empfinde. Ich wünsche mir nichts sehnlicher, als Harrys Dad und dein Mann zu sein. Und falls du nicht aus irgendeinem Grund deine Meinung geändert hast, bin ich mir ziemlich sicher, dass du mich auch liebst.«

Eve liebte ihn tatsächlich. Und ihr Herz blutete jedes Mal, wenn sie Tom sah und die Worte zurückhielt. »Du weißt, warum ich keine ernsthafte Beziehung mit dir eingehen kann«, sagte sie stattdessen. »Noch nicht. Nicht, bevor ich all das Geld zurückgezahlt habe, das ich gestohlen habe, als ich mich für Audrey ausgegeben habe.«

»Das war vor mehr als einem Jahr. Die Schulden hast du doch sicher inzwischen beglichen.«

»Kaum! Nicht mit meinem Sekretärinnengehalt. Ich habe vier Jahre lang von Audreys Geld gelebt.«

»Aber sie verlangt es doch nicht zurück, oder? Wie lange willst du dich noch selbst bestrafen?«

»Es gibt immer noch viele Leute in dieser Stadt, die wissen, was ich getan habe. Ich kann nicht eine solche Schande über dich und deine Eltern bringen, bevor ich meine Fehler wiedergutgemacht und bewiesen habe, dass ich kein schlechter Mensch bin.«

»Mir ist egal, was die anderen denken. Und dir sollte es auch egal sein.«

»Außerdem braucht Audrey meine Hilfe. Ich verdanke ihr so viel. Die Jungen gehen ab dem nächsten Jahr in die Schule und Audrey wird ganztags zum College gehen. Ich muss zum Lebensunterhalt beitragen und mich an den Hausarbeiten beteiligen und mich um die Jungen kümmern –«

»Ausreden, Eve. Und keine sehr guten.« Er nahm den Baum vom Schlitten und befestigte ihn auf dem Dach von Audreys Auto. »Wenn wir verheiratet sind, kannst du doch weiterarbeiten, um die Schulden bei Audrey zu begleichen, wenn du meinst, dass du das tun musst. Und wir könnten beide mit Bobby helfen. Ich will mit dir zusammen sein. Immer.« Er zog Eve an sich und sie lehnte den Kopf an seine Brust. Er roch nach Kiefern und frischer Luft. Sie liebte das Gefühl, wenn er sie im Arm hielt, und staunte immer wieder, dass Tom alles von ihr wusste – nicht nur die Lügen und Täuschungen, sondern auch, dass Harry ein uneheliches Kind war, das zu allem Überfluss ein verheirateter Mann gezeugt hatte. Und trotzdem liebte Tom sie. Er hatte ihr vergeben und hielt ihr nichts mehr vor.

»Eve, wenn du mich liebst –«

»Wir müssen noch warten, Tom.«

Er ließ sie los. »Ich bin es leid zu warten. Und die Ausreden bin ich auch leid.«

Seine gekränkte Miene trieb Eve die Tränen in die Augen. Sie wandte sich ab, damit er es nicht sah. Und damit sie nicht ihre Meinung änderte. »Es tut mir leid, Tom, aber ich muss das allein schaffen.« Eve eilte zum Haus und hoffte, dass er ihr nicht folgen würde. Erleichtert stellte sie fest, dass er es nicht tat. Auf der Veranda blieb sie einen Moment stehen, um ihre Fassung wiederzuerlangen, bevor sie die Küche betrat.

Audrey saß am Tisch und trank heißen Kakao, während die Jungen Grandma Vandenberg das Wünsche-Buch zeigten. Als Eve hereinkam, blickte Harry auf und sie sah, dass er einen Schokoladenschnurrbart hatte. »Wir haben den Schlitten gefunden, den wir haben wollen, Mom. Guck mal! Hier in dem Wünsche-Buch ist er.«

Wenn das Wünsche-Buch doch auch Erwachsenenwünsche erfüllen könnte!

»Aber sie haben keine Hunde«, klagte Bobby. »Wir haben überall gesucht.«

»Hunde sind kein Spielzeug und wollen auch nicht in den Sack des Weihnachtsmannes gestopft werden.« Eves Verärgerung war ihrer Stimme anzumerken. Ihr wurde bewusst, dass Grandma Van sie musterte, aber Eve wich ihrem Blick aus.

Grandma Van klappte das Wünsche-Buch zu und stand auf, um mit einer Kelle Suppe in die tiefen Teller zu füllen. »Wisst ihr zwei eigentlich, warum wir Weihnachten feiern?«, fragte sie, während sie das Essen austeilte.

»Weil dann der Weihnachtsmann kommt und Geschenke bringt«, erwiderte Harry.

»Das ist eine Tradition, aber Weihnachten ist viel mehr als das. Es ist der Geburtstag von Jesus. Wir feiern den Tag, an dem er geboren wurde, so wie wir auch eure Geburtstage feiern.«

Eve fuhr ihrem Sohn mit der Hand durch den verschwitzten roten Haarschopf und sank auf den Stuhl neben ihm. Aus dem Suppenteller, den Grandma Van ihr hinstellte, stieg ein himmlischer Duft auf.

»Ihr kennt doch die Geschichte mit dem Jesuskind in der Krippe, oder?«, fuhr Grandma Van fort.

»In der Sonntagsschule haben wir ein Bild davon ausgemalt«, antwortete Bobby.

»Bobby und ich wussten, was eine Krippe ist, weil in eurem Stall eine für die Schafe steht.«

Grandma Van lächelte. »Jesus war Gottes Sohn, aber als er geboren wurde, hatte er nicht mal ein Zuhause oder eine Wiege. Nur einen Stall und eine Futterkrippe.«

»Im Kindergarten führen wir ein Stück über das Jesuskind auf«, erklärte Bobby.

»Wir tragen Kostüme und so. Wir sind die schlauen Könige.«

Grandma Van sah einen Moment lang verwirrt aus, dann lachte sie leise. »Du meinst die drei Weisen?«

»Genau. Wir dürfen goldene Kronen tragen, weil wir die *reichen* schlauen Könige sind und ganz, ganz viel Gold haben.«

»Dann wisst ihr ja sicher auch, dass die Könige dem Jesuskind zu seinem Geburtstag Gold geschenkt haben. Gott hat uns Jesus zum Geschenk gemacht, weil er uns lieb hat. Und jetzt schenken wir den Menschen, die wir lieb haben, etwas zu Weihnachten.«

»Kannst du mit Grandpa und Onkel Tom kommen und zugucken, wenn wir das Stück spielen, Grandma Van?«

»Natürlich, mein Schatz. Sagt mir Bescheid, wann ihr es aufführt, dann kommen wir.«

Tom hatte den Weihnachtsbaum mit Seilen auf Audreys Wagen festgebunden, und als sie zu Hause waren, mussten Eve und Audrey zerren und schieben, um ihn vom Dach zu bekommen und neben der Auffahrt abzuladen. Weiter kamen sie mit dem stacheligen Ding nicht. »Es ist, als wollte man einen riesigen Igel bewegen, oder?«, fragte Eve seufzend. Erschöpft ließen sie den Baum erst einmal in einer Schneewehe neben der Auffahrt liegen.

Nach dem Abendessen saßen sie alle im Wohnzimmer um das Wünsche-Buch herum, das auf den Seiten mit den Spielsachen aufgeschlagen war, damit die Jungen ihre Briefe an den Weihnachtsmann schreiben konnten. Harry beugte sich vor, die Nase nur wenige Zentimeter über dem Briefpapier, während er Eve beim Schreiben zusah.

»Können wir Nana auch einen Brief schreiben?«, fragte er und blickte auf.

»Wir haben doch schon darüber gesprochen, dass bei Nana nicht gequengelt wird, erinnerst du dich? Hast du denn nicht gehört, was Grandma Van euch heute erklärt hat? Dass Weihnachten der Geburtstag von Jesus ist?«

»Aber woher weiß Nana denn dann, was sie uns kaufen soll, wenn wir ihr keine Liste schicken?«

Eve seufzte. »Ich bin sicher, sie findet es heraus. Also fangen wir an, in Ordnung?«

»Gut. Ich will diesen Schaufelbagger. Mit dem kann man richtig Erde schaufeln.«

»Ich auch«, sagte Bobby. »Am besten schreibst du die Seite auf, dann findet Santa ihn schneller.«

»Wie viele Seiten gibt es denn?« Audrey feuchtete ihren Zeigefinger an und blätterte durch die Seiten des Katalogs, die den

Spielzeugen gewidmet waren. »Hört mal, vielleicht solltet ihr von jeder Seite nur ein Spielzeug aussuchen.«

»Nein, Mummy! Was ist denn, wenn auf einer Seite ganz viele schöne Sachen sind?«

»Dann müsst ihr euch für das beste Spielzeug entscheiden.«

Harry ließ sich auf den Boden fallen, als hätte jemand ihn niedergeschossen. »Das geht nicht! Wir haben doch schon alles ausgesucht!«

Eve legte ihren Stift ab. »Dann schlage ich vor, dass du jetzt noch mal in Ruhe überlegst, welche Teile du haben willst. Die Briefe können bis morgen warten.« Harry stampfte frustriert mit den Füßen auf den Boden. »Und wenn du so weitermachst«, fügte Eve hinzu, »wird Santa dir nur einen Sack Kohlen bringen.« Das Stampfen hörte auf.

»Kann ich dir eine Sache zeigen, die wir wollen und die nicht auf den Seiten mit den Spielsachen steht?«, fragte Bobby.

Audrey legte den Kopf ein wenig schief. »Na gut.«

Eve sah zu, wie Bobby zu der Herrenbekleidung ganz vorn im Katalog blätterte. Dort war eine Ecke umgeknickt. Er zeigte auf einen Anzug. »Das wollen wir, Mummy.«

»Diese Anzüge passen euch nicht. Die sind für erwachsene Männer. Aber wahrscheinlich haben sie Anzüge bei der Kinderkleidung –«

»Nicht den Anzug, Mummy – den Daddy. Ich will einen Daddy. Für alle Paraden und Umzüge.«

»Wir können uns auch einen teilen, wenn er groß und stark ist wie Mr Hamilton«, erklärte Harry. »Und wenn er uns beide gleichzeitig hochheben kann.«

»Aber er muss hier bei uns wohnen, damit er unseren Weihnachtsbaum tragen kann, so wie Onkel Tom.«

»Und ihn reinbringen, damit wir ihn schmücken können.«

Eve hatte keine Ahnung, was sie sagen sollte. Sie beschloss, den Weg des geringsten Widerstands zu gehen, und stand auf, um den Fernseher einzuschalten. »Ist es nicht Zeit für eine eurer Sendungen? Ich glaube, Micky Maus kommt gleich.«

Später, als die Jungen im Bett lagen, warf Eve den Katalog auf den Schoß ihrer Freundin, die vor dem Fernseher saß. »Was machen wir jetzt mit diesem Wünsche-Buch? Ich mache mir Sorgen, dass die Kinder immer noch denken, es ginge bei Weihnachten nur um Santa und die Geschenke.«

»Ich auch.«

»Harry weiß aus Erfahrung, dass Nana Barrett bereit ist, alles in dem Buch zu kaufen. Und wahrscheinlich wird sie es auch tun.«

Audrey fuhr mit einer Hand durch ihre rotblonden Haare. »Wie sollen wir den Barretts nur klarmachen, dass sie nicht so viel kaufen sollen?«

»Ich weiß nicht. Es wird keine einfache Unterhaltung sein.«

»Aber wir sind uns doch einig, dass es sein muss, oder? Bevor Nana den gesamten Sears-Katalog für die beiden kauft?«

»Wir gehen zusammen hin«, erwiderte Eve. »Morgen, wenn wir nach dem Gottesdienst bei ihnen zum Mittagessen sind – bevor die Dinge noch weiter ausufern.«

Audrey stieß einen lauten Seufzer aus. »Die Barretts hatten überhaupt kein Verständnis dafür, als ich ihnen sagte, dass ich Krankenschwester werden will. Ich fürchte, diesmal wird es nicht anders sein.«

»Jetzt tut es mir sehr leid, dass ich in den vier Jahren, bevor du gekommen bist, zugesehen habe, wie sie Harry nach Strich und Faden verwöhnten. Das Komische war, dass ich selbst nie zufrieden war, egal, wie viel die Barretts mir geschenkt haben. Mein Leben fühlte sich trotzdem so an, als würde etwas fehlen. Und gleichzeitig hat Harry sich daran gewöhnt, alles zu bekommen, was er haben will.«

»Sorgen macht mir auch, dass sie sich vom Weihnachtsmann einen Vater wünschen«, sagte Audrey.

Eve zog eine Grimasse. Sie hatte gehofft, Audrey würde dieses unangenehme Thema nicht anschneiden. »Das haben sie doch nicht ernst gemeint. Sie wissen genau, dass man Väter nicht aus einem Katalog bestellen kann.«

»Sie wachsen genauso auf wie wir. Keine von uns hatte einen Vater, der an ihrem Leben beteiligt war.«

»Aber aus uns ist doch auch was geworden, oder etwa nicht?«, fragte Eve in dem Versuch, die Sache auf die leichte Schulter zu nehmen.

»Aber ich fühle noch immer einen inneren Schmerz. Du nicht?«

»Du weißt genau, dass es mir auch so geht. Aber ich hatte trotzdem männliche Ansprechpartner, die Anteil an meinem Leben genommen haben: zum Beispiel George, den Gärtner, der sich um mich gekümmert hat, und Williams, den Chauffeur, der mir das Autofahren beigebracht hat. Sie haben geholfen, den fehlenden Vater zu ersetzen. Unsere Jungen haben Granddad Barrett und Grandpa Van und Tom. Und jetzt irgendwie auch Mr Hamilton.«

»Aber sie wünschen sich vom Weihnachtsmann trotzdem einen Daddy.«

»Hör zu, Audrey. Wir haben doch neulich erst darüber gesprochen – bist du bereit, wieder zu heiraten und Bobby einen Vater zu geben?«

»Nein. Außerdem habe ich im Wünsche-Buch keine Männer gefunden.«

»Dann reden wir besser nicht mehr davon.«

Kapitel 4

16 Tage vor Weihnachten

Die Köchin hatte auf dem Esszimmertisch der Barretts ein üppiges Büfett aufgebaut, das auf silbernen Platten angerichtet war. Dazu gab es feine Porzellanteller und einen Blumenschmuck aus roten Rosen, weißen Nelken und Stechpalmzweigen. Alles erinnerte Audrey an die opulenten Brunchbüfetts, die ihre Eltern in Wellingford Hall veranstaltet hatten. Jetzt ließ sie Bobby aussuchen, was er von der Auswahl an Pfannkuchen, Eiern, Würstchen, Speck, Zimtschnecken und Obst essen wollte, trug aber den Teller für ihn zum Tisch, damit er ihn nicht fallen ließ. An dem langen Esstisch hatten vierzehn Personen ausreichend Platz, aber nur ein Ende war an diesem Tag mit Silberbesteck und Damastservietten gedeckt. »Dann müssen wir uns nicht anschreien, während wir essen«, erklärte Mrs Barrett.

Das Essen war wie immer köstlich, aber Audrey war nervös, während sie im Geiste noch einmal probte, was Eve und sie wegen der Geschenke zu Nana sagen wollten. Als alle zu Ende gegessen hatten, bettelten die Jungen, Nana solle ihnen ins Wohnzimmer folgen, und Audrey stand schnell auf, um mitzugehen, weil sie wusste, dass die beiden ihre Großmutter mit der Spielzeug-Wunschliste belästigen würden. Aber Mr Barrett hielt Audrey zurück, indem er sagte: »Kann ich kurz mit dir sprechen, meine Liebe?«

»Ja, natürlich.«

Er wartete, bis sie allein waren. »Was habe ich da gehört über einen Kredit, den du bei der Bank beantragt hast?«, fragte er.

Einen Moment lang war Audrey sprachlos. Woher wusste er davon? Dann dämmerte es ihr und Wut auf Mr Hamilton stieg in ihr auf, weil er ihre Privatangelegenheiten ausgeplaudert hatte. Normalerweise schüchterte ihr Schwiegervater sie immer etwas ein, aber heute gab ihre Empörung ihr Mut. »Ja, das stimmt, ich habe einen Kreditantrag gestellt. Das Darlehen wird meine Studiengebühren und andere Kosten meiner Ausbildung zur Krankenschwester abdecken. Ich will im kommenden Herbst ganztags studieren gehen.«

»Warum hast du *uns* nicht um das Geld gebeten, Audrey? Du weißt doch, dass wir dir helfen, wo immer wir können.«

»Das weiß ich. Ihr seid sehr großzügig zu Bobby und mir. Aber ich will Krankenschwester werden und ich weiß, dass du das missbilligst.«

»Ich habe nichts gegen den Beruf an sich. Ich glaube nur, dass es andere Tätigkeiten gibt, die für eine Frau von deiner Stellung besser geeignet wären. Aber trotzdem hättest du nicht hinter meinem Rücken handeln müssen.«

»Es war nicht meine Absicht, dir etwas zu verheimlichen. Wirklich nicht. Ich möchte einfach allein klarkommen. Ich komme aus einer reichen Familie und habe es immer für selbstverständlich gehalten, alles zu bekommen, was ich wollte. Und im Krieg stand ich zum ersten Mal auf eigenen Füßen und lernte, meine eigenen Entscheidungen zu treffen. Nachdem ich entdeckt hatte, was ich allein schaffen kann, habe ich mich anders gefühlt.« Audrey blinzelte die Tränen fort, die plötzlich in ihren Augen brannten, als sie daran dachte, wie sie enterbt worden war. Die schmerzliche Wahrheit, dass sie das Ergebnis einer ehebrecherischen Affäre ihrer Mutter war, verletzte sie immer noch zutiefst.

»Du gehörst jetzt zu unserer Familie. Und Familienmitglieder helfen einander.«

»Das weiß ich. Und ich bin dafür sehr dankbar. Aber mein Bruder Alfie hat immer alles bekommen, was er wollte, und am Ende war ihm der Reichtum wichtiger als alles andere im Leben, sogar als die Liebe. Er war abhängig vom Geld und hat ein Leben im Luxus geführt, immerzu gefeiert und zu viel getrunken. Sein Studium an der Universität hat er auch nicht ernst genommen.«

»Ich glaube kaum, dass du dieser Gefahr erliegen wirst, meine Liebe.«

Audrey holte tief Luft. Es war ihr wichtig, dass sie gehört und verstanden wurde. »Robert und ich haben darüber gesprochen, wie wir unseren Sohn erziehen wollen. Robert wollte seinen Lebensunterhalt mit Arbeit verdienen und ohne Luxus leben, weshalb er ein bescheidenes Haus gebaut hat. Und jetzt will ich Bobby beibringen, dass wir für die Dinge, die uns wichtig sind, arbeiten müssen.«

»Nimmst du das Geld für deine Collegegebühren auch nicht als Geschenk von mir an?«

Seine Worte erschreckten sie. Sie war nicht sicher, wie sie darauf reagieren sollte. »A-als Geschenk? Danke, aber … ich will wirklich selbst für mich und meine Ausbildung aufkommen.«

»Indem du eine Hypothek auf dein Haus aufnimmst?«

»Ja.« Es schien nichts mehr zu geben, was Audrey noch sagen konnte. »Sollen wir zu den anderen gehen?«, fragte sie deshalb. Die Unterhaltung hatte sie erschüttert und sie wollte fliehen. Aber Eve und sie mussten noch ein schwieriges Thema mit Mrs Barrett besprechen. Warum verstanden ihre Schwiegereltern nicht, dass Robert ihr Geld nicht gewollt hatte – und sie es auch nicht wollte?

»Geh schon mal vor«, sagte Mr Barrett. »Ich komme gleich nach.«

Audrey ging in das große Wohnzimmer hinüber, in dem

Nana Barrett mit Harry und Bobby auf dem Sofa saß. Das Wünsche-Buch lag aufgeschlagen auf ihrem Schoß. »Das gibt es doch nicht!«, rief Audrey, als sie das sah.

»Ich weiß«, nickte Eve. »Irgendwie haben sie unser Versteck gefunden und es hierher geschmuggelt.«

»Wir blättern nur ein bisschen darin, das schadet doch sicher nicht.«

Der Katalog sah inzwischen reichlich zerknittert aus und hatte Eselsohren. »Mit ein bisschen Glück fällt er bald auseinander«, seufzte Eve.

»Am liebsten würde ich ihn in den Kamin werfen«, sagte Audrey. Sie wandte sich dem Feuer zu, um etwas Zeit zu gewinnen, damit sie sich beruhigen konnte. Ihre Unterredung mit Mr Barrett hatte sie aufgewühlt – zwei Jahre Studium als Geschenk? Er verstand sie überhaupt nicht. Und jetzt noch diese Sache mit dem Wünsche-Buch.

Der riesige Weihnachtsbaum der Barretts, der neben dem Kamin vor dem Fenster stand, war wie der Rest des Hauses schön und geschmackvoll dekoriert und glitzerte im Licht von Hunderten bunter Lämpchen.

Einige von ihnen schienen wie winzige Kerzen zu flackern. Jeder Streifen Lametta war perfekt auf den Zweigen ausgerichtet, als hätte jemand sie einzeln dort hingehängt. Vielleicht war genau das geschehen. Unter dem Baum war eine aufwendig gestaltete Modelleisenbahn aufgebaut und die Schienen führten in Form einer Acht über Brücken und durch Tunnel, vorbei an Häusern mit winzigen Personen und Tieren.

»Euer Baum ist wundervoll«, sagte Audrey zu Mrs Barrett.

»Die Floristen leisten immer ganze Arbeit, nicht wahr?«

»Wir haben auch einen Baum, aber den haben wir noch nicht aufgestellt«, sagte Bobby. »Mummy sagt, er ist zu schwer.«

»Soll ich jemanden schicken, der beim Schmücken hilft?«

»Danke, aber das machen die Kinder bestimmt gerne selbst«, erwiderte Audrey. »Sie haben im Kindergarten Christbaumschmuck gebastelt.«

»Eine lange Kette aus buntem Papier«, sagte Harry. »Bobby und ich haben unsere beiden Teile zusammengeklebt, damit sie richtig lang wird.«

»Und in der Sonntagsschule haben wir Sterne aus Alufolie gemacht«, fügte Bobby hinzu. »Weil das Jesuskind eine Taschenlampe ist.«

»Eine Taschenlampe?«, fragte Nana. Audrey hob die Hand, um ein Lächeln dahinter zu verbergen.

»Ja. Die Lehrerin hat das Licht ausgemacht und da war es ganz dunkel«, erklärte Harry. »Dann hat sie eine Taschenlampe angeschaltet und auf einmal war es richtig hell!« Er warf die Arme in die Luft, als wollte er sagen, dass es Zauberei war.

Bobby nickte begeistert. »Das macht Jesus auch. Er ist wie eine Taschenlampe im Dunkeln. Und er hat alle Sterne gemacht. Die echten.«

»Wie schön«, sagte Nana.

Vielleicht begriffen die Jungen es ja doch allmählich. Aber dann sagte Harry: »Ich will eine Taschenlampe zu Weihnachten!«

»Ich auch!«

»Habt ihr zwei eigentlich beim Weihnachtsumzug Spaß gehabt?«, fragte Nana. »Bestimmt habt ihr auf Santas Schoß gesessen und ihm von den Spielsachen erzählt, die ihr euch wünscht, oder?«

»Die Schlange war zu lang. Wir schreiben ihm lieber Briefe.«

»Aber das dauert total lange«, klagte Bobby, »weil Mummy sagt, dass wir auf jeder Seite im Buch nur ein Spielzeug aussuchen dürfen.«

»Und die Cowboystiefel sind auf derselben Seite wie die Cowboyhüte!«

»Aber Hut und Stiefel gehören doch sicher zusammen«, meinte Nana. Sie blickte zu Audrey auf. »Kannst du nicht eine Ausnahme machen?«

»Wir versuchen, den Jungen beizubringen, dass es an Weihnachten nicht nur um Santa Claus und Spielsachen geht«, erwiderte Audrey.

»Genau. Es geht nämlich darum«, sagte Eve. Sie zeigte auf eine kunstvolle Krippenszene aus feinstem Porzellan, die auf der Anrichte stand. Wie auf Befehl rutschten die Jungen vom Sofa und liefen auf die Krippe zu.

Nana sog scharf die Luft ein. »Vorsichtig! Nicht anfassen! Diese Figuren sind sehr alt und unersetzlich.« Audrey gelang es gerade noch rechtzeitig, die beiden abzufangen und zurückzuhalten.

»Aber kann ich die Könige sehen, Nana?«, fragte Harry. »Wir spielen nämlich im Kindergarten die schlauen Könige.« Audrey hob ihn hoch und zeigte auf die bunt bemalten Weisen, wobei sie darauf achtete, Bobby und ihn in sicherer Entfernung zu halten.

»Kannst du mit Granddad kommen und unser Stück angucken?«, fragte Bobby.

»Das werden wir ganz sicher, Liebling. Sag uns Bescheid, wann es ist.«

»Die Aufführung ist diesen Mittwoch um sieben Uhr in der Schule«, erklärte Audrey.

Nachdem er sein Jackett gegen eine Strickjacke getauscht hatte, gesellte Mr Barrett sich zu ihnen. Audrey fragte sich, ob er zum Schultheater wohl im Frack kommen würde.

Die Jungen liefen zu ihm und zogen ihn an den Händen. »Kannst du uns jetzt die Eisenbahn zeigen, Granddad? Bitte!«

»Das mache ich doch gerne.«

Audrey wartete, bis die drei sich auf dem Boden unterm Weihnachtsbaum niedergelassen hatten und der Zug auf den Gleisen brummte und summte. Dann setzte sie sich neben ihre Schwiegermutter und wappnete sich für eine weitere schwierige Unterhaltung. »Eve und ich machen uns Sorgen, weil unsere Jungs offenbar erwarten, zu Weihnachten alles zu bekommen, was sie sich wünschen. Auch wenn ihr es euch leisten könnt, ist es nicht richtig. Du hast ja die ganzen Spielsachen gesehen, die sie aus dem Wünsche-Buch haben wollen. Seitenweise Spielzeug.«

»Sie sollen lernen, dass Geld verdient werden muss und nicht vom Himmel fällt«, ergänzte Eve. »Bitte verwöhnt sie zu Weihnachten nicht so sehr. Ein Geschenk von euch reicht vollkommen.«

Mrs Barrett runzelte die Stirn. »Also, ich habe schon ein paar Dinge für sie gekauft.« Sie beugte sich vor und flüsterte: »Einen Cowboyanzug mit Beinschützern, Weste, Hut und Spielzeugrevolvern mit Halftern. Die Stiefel habe ich noch nicht gekauft. Ich wollte dich erst nach der richtigen Schuhgröße fragen.«

Audrey seufzte. »Sie haben beide Größe 5 – aber das ist dann alles. Bitte kauf ihnen nicht noch mehr.«

»Ich dachte noch an kleine Fahrräder mit Stützrädern.«

Audrey sah plötzlich vor ihrem geistigen Auge das attraktive männliche Model aus dem Sears-Katalog, das in seinem Anzug neben Bobby die Straße entlanglief und ihn festhielt, während er ohne Stützräder Fahrrad fahren lernte. Sie schüttelte den Kopf, um das Bild zu vertreiben. »Wie wäre es, wenn ihr ihnen die Räder im nächsten Sommer zum Geburtstag schenkt? Dann können die Jungen sie auch gleich ausprobieren.«

»Na ja … das klingt schon vernünftig. Ach so, eins hätte ich beinahe vergessen. Ich habe auch noch einen süßen kleinen tragbaren Plattenspieler und ein paar Schallplatten gekauft, für beide zusammen.«

»Das ist mehr als genug. Sie werden begeistert sein.«

»Aber Bobby hat gerade gesagt, dass sie sich Feuerwehrautos wünschen. Und Schlitten. Es kann doch sicher nicht schaden –«

Eve beugte sich vor und legte eine Hand auf Mrs Barretts Arm, um sie zu unterbrechen. »Danke für eure Großzügigkeit. Ihr macht Weihnachten immer zu einem ganz besonderen Fest für die Jungen. Und für mich. Aber Harry und Bobby brauchen nicht jedes Spielzeug in dem Wünsche-Buch, um glücklich zu sein. Die Liebe, die du ihnen schenkst, ist mehr als genug.«

Audrey konnte wieder atmen. Gott sei Dank schaffte Eve es, herzlich zu klingen und nicht kritisch. Wenn sie selbst geantwortet hätte, dann hätte es steif und abweisend geklungen, das wusste Audrey. Der Gedanke an ihre Unterhaltung mit Mr Hamilton in der Bank ließ sie immer noch innerlich rot werden.

»Ich werde für uns alle Karten für die Weihnachtsfeier im Country Club kaufen«, sagte Mrs Barrett. »Die ist am Donnerstag, den 20. Dezember. Im letzten Jahr hatten die Jungen großen Spaß dabei, die Rentiere zu streicheln und den Weihnachtsmann zu treffen.« Audrey erinnerte sich an die Party im letzten Jahr und daran, dass Santa jedem Kind ein Geschenk gemacht hatte. Bobby war hinterher von dem Berg aus Süßigkeiten und Eiscreme furchtbar schlecht gewesen.

»Bitte kauft für mich keine Karte«, sagte Eve. »Letztes Jahr bin ich nicht mitgegangen, weil ich keinen Skandal verursachen wollte. Und dieses Jahr muss ich den ganzen Tag arbeiten.«

»Aber Harry kann doch mitkommen, oder?«, fragte Nana. »Und du und Bobby geht mit mir zu der Party, nicht wahr, Audrey?«

Audrey hatte überhaupt keine Lust dazu, aber sie wollte Roberts Eltern auch nicht kränken. »Ja, natürlich komme ich mit. Danke.«

Später an diesem Nachmittag verließ Audrey das Haus der Barretts mit dem Gefühl, dass sie als Schwiegertochter eine herbe Enttäuschung für die beiden sein musste. Sie boten ihr großzügige Geschenke an, weil sie Audrey und ihren Sohn liebten, und schienen nicht zu verstehen, warum sie dankend ablehnte.

Nach einem Abendessen aus Würstchen und Bohnen ließ Audrey das Wünsche-Buch auf den Couchtisch im Wohnzimmer fallen und sagte zu den Jungen: »So. Jetzt nehmen wir das Buch und erstellen eure Liste. Ihr dürft von jeder Seite ein Spielzeug aussuchen.«

»Aber Mummy …«

»Und das bedeutet nicht, dass Santa euch alles bringt, was auf eurer Liste steht«, fügte Eve hinzu. »Ihr solltet Santa also sagen, welche zwei oder drei Sachen ihr euch am meisten wünscht.«

»Genau«, nickte Audrey. »Und dann wandert dieses Buch in den Müll, damit endlich Ruhe ist.«

Ihre Worte lösten Wehklagen und Geheul aus.

»Mummy, nein!«

»Du kannst das nicht wegwerfen!«

»Entscheidet euch, und wenn ihr so weit seid, schreiben wir die Briefe an den Weihnachtsmann.«

»Können wir uns einen Hund wünschen?«, fragte Harry. »Hunde stehen nicht in dem Buch.«

»Wir brauchen auch nur einen, den können wir uns teilen.«

»Kein Hund, bis ihr ein ganzes Stück älter seid«, antwortete Eve.

»Wenn überhaupt jemals …«, murmelte Audrey.

»Bitte, Mom!«

»Wir *brauchen* einen Hund!«

»Hunde machen viel Arbeit und bedeuten viel Verantwortung«, erklärte Eve. »Und Bobbys Mum wird bald tagsüber in der Schule sein, so wie ihr auch. Es wäre nicht gut für den Hund, hier die ganze Zeit allein zu sein.«

»Ich schreibe ihn trotzdem auf meine Liste«, sagte Harry stur. »Santa ist nicht so gemein wie ihr.«

Kapitel 5

14 Tage vor Weihnachten

Audrey deckte gerade den Tisch fürs Abendessen, als Eve mit einer großen Tüte von Woolworth nach Hause kam. »Das hier habe ich in meiner Mittagspause gekauft«, sagte sie und stellte die Tüte auf die Küchenzeile. Sie zog einen großen Pappkarton heraus, auf dem eine Weihnachtskrippe abgebildet war. »Die Jungen waren so fasziniert von den Figuren bei den Barretts, deshalb dachte ich, wir brauchen auch eine Krippe, um sie daran zu erinnern, warum wir Weihnachten feiern. Ich habe die billigste gekauft, die es gab, damit die Kinder sie auch anfassen können.«

»Wie es aussieht, haben wir beide den gleichen Gedanken«, sagte Audrey, während sie sich wieder dem Herd zuwandte, um die grünen Bohnen umzurühren. »Ich musste daran denken, was Grandma Van neulich darüber gesagt hat, dass Weihnachten ja der Geburtstag von Jesus ist, und da habe ich überlegt, dass wir an Weihnachten eine Geburtstagsfeier veranstalten könnten. Vielleicht können wir sogar eine Torte kaufen.«

»Ja! Mit Kerzen drauf. Und Partyhütchen und Knallbonbons.«

»Die Jungen quengeln schon den ganzen Tag, dass wir den Weihnachtsbaum aufstellen müssen«, sagte Audrey. »Ich habe gesagt, vielleicht machen wir das heute Abend.«

»Ich hoffe, dass wir es zu zweit schaffen. Dieser Baum ist so schwer, dass wir ihn vielleicht mit einem Seil ins Haus ziehen müssen. Aber dann müssen wir ihn immer noch in den Baumständer heben.«

»Sollen wir vielleicht Tom anrufen? Ich bin sicher, er würde uns helfen.«

»Das möchte ich nicht.« Eves schnelle Antwort und ihr schroffer Tonfall überraschten Audrey.

»Warum denn nicht?«

Eve antwortete nicht. Sie öffnete den Pappkarton und fing an, die Schafe und Engel aus Gips herauszunehmen. Dabei fiel das Stroh, in dem sie gelegen hatten, auf den Boden.

»Habt ihr euch etwa gestritten, Tom und du?«, wollte Audrey wissen.

»Nicht so richtig. Es war nur eine Meinungsverschiedenheit … was die Zeit betrifft.«

Audrey wartete.

»Tom will mehr als nur Freundschaft und ich noch nicht.«

»Er liebt dich und du liebst ihn, das sieht man doch. Wo ist das Problem?«

»Das kann ich nicht erklären. Ich brauche einfach noch mehr Zeit.« Eve tat alles wieder in den Karton und verließ die Küche.

Kaum hatten die Jungen ihren Schokoladenpudding nach dem Abendessen aufgegessen, fingen sie an zu betteln, weil sie den Baum aufstellen wollten. »Erst die Hausarbeit«, sagte Audrey. Die Jungen waren dafür zuständig, beim Abräumen des Geschirrs zu helfen, die Krümel unterm Tisch zusammenzukehren – und an diesem Tag auch das Stroh, das Eve auf dem Boden verteilt hatte – und den Müll rauszubringen. Sie waren beinahe fertig, als es an der Haustür klingelte. Audrey öffnete die Tür – und erstarrte, als sie Mr Hamilton mit einem ledernen Aktenkoffer auf dem Treppenabsatz stehen sah. »Oh! Hallo.« Audreys Herzschlag beschleunigte sich bei seinem Anblick. Es war einfach nicht fair, dass ein Banker so gut aussah.

»Hallo, Mrs Barrett. Ich hoffe, Sie nehmen es mir nicht übel, dass ich unangekündigt hereinschneie, aber ich dachte, ich könnte auf dem Heimweg die Unterlagen vorbeibringen, damit Sie alles in Ruhe durchlesen können, bevor Sie unterschreiben.«

»I-ich hätte auch in die Bank kommen können.«

»Natürlich, aber ich dachte, so erspare ich Ihnen den Weg. Ich weiß, dass Sie viel zu tun haben.« Er wirkte sehr zufrieden mit sich, weil er ihr einen Gefallen getan hatte, und Audrey wollte ihm gerade danken – aber dann erinnerte sie sich daran, dass er Mr Barrett von dem Darlehen erzählt hatte, und ihre Wut kehrte zurück. Bevor sie ihm deshalb Vorwürfe machen konnte, kamen Bobby und Harry von der Küche in den Flur gerannt und grinsten und sprangen um Mr Hamilton herum wie junge Hunde.

»Wir schmücken den Weihnachtsbaum«, sagte Harry. »Wollen Sie uns helfen?«

Audrey zog sie fort. »Kann ich kurz mit Mr Hamilton sprechen? Geht und helft Harrys Mum, den Christbaumschmuck aus dem Keller zu holen.« Während die beiden davonliefen, wandte Audrey sich wieder an Mr Hamilton. »Bitte kommen Sie herein.« Er nahm seinen Hut ab und folgte ihr ins Wohnzimmer. Sie musste sachlich bleiben. »Ich hatte am Sonntag eine sehr unangenehme Unterhaltung mit Mr Barrett. Wie es aussieht, haben Sie ihm von meinem Kreditantrag erzählt, bevor ich die Gelegenheit hatte, es selbst zu tun. Er schien sehr gekränkt. Ich habe versucht, ihm meine Gründe zu erklären, bin aber nicht sicher, ob er es wirklich verstanden hat.«

Mr Hamiltons Lächeln erstarb. »Das mit dem Darlehen weiß er nicht von mir. Vielleicht hat mein Vater es ihm erzählt.«

»Ihr Vater ist Präsident der Bank. Hat er nichts Besseres zu tun, als sich mit gewöhnlichen Krediten wie dem meinen zu beschäftigen?«

Mr Hamilton verzog schmerzlich das Gesicht. Offenbar war

ihm die Sache ausgesprochen peinlich. »Es tut mir wirklich leid. Vielleicht war es doch meine Schuld, dass Mr Barrett davon erfahren hat. Ich war so beeindruckt von dem, was Sie mir erzählt haben, dass Sie auf eigenen Füßen stehen und Bobby damit ein Vorbild sein wollen – das ist einfach ungewöhnlich. Die jungen Damen in meinen Kreisen denken anders als Sie und ich fand Ihre Einstellung sehr wohltuend. Und inspirierend. Mir gefiel, dass Sie Ihrem Sohn vermitteln wollen, wie wertvoll es ist, den eigenen Lebensunterhalt zu verdienen. Deshalb habe ich meinem Vater von Ihnen erzählt. Wie bemerkenswert Sie sind und wie sehr ich Sie bewundere. Dann muss er bei einem Treffen im Rotary Club oder so Ihren Schwiegervater darauf angesprochen haben. Es tut mir wirklich sehr, sehr leid, Mrs Barrett. Auf keinen Fall wollte ich Zwietracht zwischen Ihnen und Mr Barrett säen. Können Sie mir verzeihen?« Er wirkte so zerknirscht, dass Audrey sich auf einmal vorkam wie der Schurke in einem Kinderbuch.

»Ja, natürlich. Es tut mir leid, wenn ich verärgert geklungen habe. Ich wollte Sie nicht abstrafen.«

»Doch, wollten Sie.« Er grinste und auf seiner Wange erschien dieses Grübchen, das Audrey ganz nervös machte. »Und ich habe es ja auch verdient. Bitte lassen Sie mich meinen Fehler wiedergutmachen.«

»Das ist nicht nötig.«

»Ich werde selbst mit Mr Barrett reden und ihm sagen, wie sehr ich Sie bewundere und bei Ihrem Vorhaben unterstütze.«

»Oh nein, bitte nicht. Damit machen Sie die Sache nur noch schlimmer. Tun Sie bitte gar nichts.« Sie hörte Schritte auf der Kellertreppe und fügte schnell hinzu: »Sie sagten doch, Sie hätten Unterlagen für mich, nicht wahr?«

Er hatte seinen Aktenkoffer gerade auf den Couchtisch gestellt und aufschnappen lassen, als Bobby mit einem Karton auf dem

Arm hereingehüpft kam. »Wir haben die Lichterkette gefunden, Mummy! Komm, wir müssen den Baum reinholen.«

Mr Hamilton reichte Audrey einen Stapel Papier. »Ich habe Sie lange genug belästigt.«

Harry kam hinter Bobby ins Zimmer und stellte den Karton ab, den er trug. »Wollen Sie uns helfen, Mr Hamilton?«

»Das ist eine Familienangelegenheit, Harry. Da will ich nicht stören.«

»Bitte! *Bitte?*«, riefen die beiden im Chor.

Eve betrat das Wohnzimmer mit einem dritten Karton. Sie war ganz außer Atem von der Kellertreppe. »Sie stören nicht. Die Jungen mögen Sie sehr, Mr Hamilton. Außerdem bin ich nicht sicher, ob Audrey und ich den Baum zu zweit überhaupt ins Haus oder in den Christbaumständer bekommen. Es war schwierig genug, ihn vom Wagendach zu schieben und an den Rand zu ziehen. Wir könnten Ihre Hilfe also wirklich gebrauchen.«

Audrey warf ihrer Freundin einen finsteren Blick zu. Es sah Eve gar nicht ähnlich, die hilflose Frau zu spielen. »Mr Hamilton trägt einen teuren Mantel, den würde das Harz sicher ruinieren.«

»Das ist kein Problem«, erwiderte er. »Ich helfe liebend gerne zwei Damen in Not.« Er zog Mantel und Jackett aus und legte sie über eine Stuhllehne. Dann krempelte er die Hemdsärmel hoch, sodass die feinen goldenen Haare auf seinen muskulösen Armen zum Vorschein kamen. Audrey wandte den Blick ab, entsetzt darüber, dass sie so etwas überhaupt bemerkte. Eve ging mit Mr Hamilton hinaus und er hatte die Idee, den Ständer am Baum festzuschrauben, bevor sie ihn ins Haus trugen, weil er dann leichter aufzustellen war. Als er die Kiefer durch die Tür schleppte, hinterließ er eine Spur aus Nadeln, aber er schien ganz stolz zu sein, als der Baum schließlich aufrecht stand. Die Jungen jubelten.

Bevor Audrey die Chance hatte, sich bei ihm zu bedanken und ihn aus dem Weihnachtsbaumdienst zu entlassen, drückte Harry ihm eine vollkommen verwirrte Lichterkette in die Hand. »Können Sie die wieder heil machen? Mom kriegt das nie hin.«

»Die hat verschiedene Farben, wenn man sie einstöpselt«, erklärte Bobby. »Wie ein Regenbogen.«

»Aber sie funktioniert nicht.«

»Das Ding ist vollkommen unpraktisch«, ergänzte Eve. »Wenn eine Birne lose oder kaputt ist, geht die ganze Lichterkette aus und dann weiß man nicht, welches Lämpchen daran schuld ist. Kann auch sein, dass mehr als eine kaputt ist.«

»Ich sehe mal, ob ich das richten kann.« Mr Hamilton ließ sich auf der Sofakante nieder und fing an, das Kabel zu entwirren, während Eve und die Jungen in den Kartons kramten und weiteren Christbaumschmuck herausholten.

»Warten Sie, ich helfe Ihnen«, sagte Audrey in der Hoffnung, ihn so schneller loszuwerden. Gemeinsam entwirrten sie die lange Kette und Mr Hamilton begann mit der gewissenhaften Überprüfung jedes einzelnen Lämpchens, indem er sie drehte und schüttelte, um das fehlerhafte Exemplar zu finden. Audrey sah, dass dem armen Mann regelrecht der Schweiß auf der Stirn stand. »Haben Sie das eigentlich schon mal gemacht, Mr Hamilton?«

»Ich würde mich freuen, wenn Sie Alan sagen.«

»Das ist aber keine Antwort auf meine Frage … Alan.«

»Nein, habe ich, ehrlich gesagt, noch nicht.«

»Hatten sie denn keinen Weihnachtsbaum, als Sie klein waren?«, fragte Bobby.

»Doch, natürlich. Aber jemand anders hat ihn für uns geschmückt.« Er drehte wieder eine Glühbirne fest und plötzlich leuchteten alle Lichter auf. »Ha, endlich!« Er strahlte selbst wie eine Lampe. Dann nahm er ein Ende der Lichterkette und Audrey die andere, um sie um den Baum zu wickeln.

»Sie kommen ja auch ganz oben hin«, sagte Harry.

»Können Sie den Stern für uns auf die Spitze setzen?«, bat Bobby.

»Was hältst du davon, wenn ich dich hochhebe und du ihn selbst draufsetzt?« Er hob Bobby vom Boden hoch, damit der Junge den Stern auf die Baumspitze setzen konnte. Dann ließ er ihn wieder hinunter und trat einen Schritt zurück. »Damit ist mein Job wohl getan.«

»Ja, danke noch mal –«, setzte Audrey an.

Aber Eve unterbrach sie. »Aber Sie können noch nicht gehen. Wir müssen noch den ganzen Schmuck aufhängen und das Lametta und die Papierketten, die unsere Jungs im Kindergarten gebastelt haben.«

»Und vergiss nicht unsere Sterne aus Alufolie.«

»Den hast du selbst gemacht?«, fragte Mr Hamilton, als er einen Stern bewunderte, den Bobby ihm zeigte. »Sehr schön.«

Eve legte eine Schallplatte mit Weihnachtsliedern von Bing Crosby auf und Audrey entspannte sich so weit, dass sie in *White Christmas* und all die anderen beliebten Lieder einstimmte, während sie arbeiteten. Als sie schließlich das Lametta aufhängten, das elektrisch geladen schien und dadurch an ihren Haaren und Kleidern klebte, lachte Audrey ebenso wie alle anderen. Der fertige Baum sah ganz anders aus als der perfekte Christbaum von Nana Barrett, aber Audrey fand ihren mindestens genauso schön.

»Mr Hamilton?«, fragte Bobby. »Können Sie unten ein paar Äste von dem Baum abschneiden?«

»Warum denn? Er sieht doch so sehr hübsch aus.«

»Santa braucht aber mehr Platz für die Spielsachen.«

»Santa hat genug Platz«, gab Audrey zurück und zog Bobby von dem Baum fort. »Ich glaube, Mr Hamilton möchte jetzt nach Hause gehen.«

»Müssen Sie wirklich schon gehen?«, fragte Eve. »Ich habe gerade Tee gemacht.« Sie stellte das Tablett mit der Kanne und den

Bechern auf den Couchtisch. »Und wir wollen noch unsere neue Krippe aufstellen und dabei die Weihnachtsgeschichte aus der Bibel lesen.«

Audrey verdrehte die Augen. »Eve …«

»Ich habe Grandma Van angerufen und sie hat mir geholfen, alle Stellen im Neuen Testament zu finden, die wir lesen können.«

»Im Kindergarten spielen wir bei einem Weihnachtsstück mit«, erklärte Harry. »Kommen Sie auch zugucken, Mr Hamilton?«

Bobby zog an seiner Hand. »Bitte!«

»Sagt mir, wann und wo, dann sehe ich nach, ob ich Zeit habe.«

»Mr Hamil– ich meine: Alan, du brauchst dich aber nicht verpflichtet zu fühlen«, sagte Audrey.

»Nein, nein, das tue ich nicht. Bestimmt sind noch andere Jungen aus meiner Gruppe mit dabei.«

Audrey stellte den hölzernen Stall auf den Fernsehschrank und half den Jungen, die Gipsfiguren unter sich aufzuteilen. Ein Weiser aus dem Morgenland war übrig, also gaben sie ihn Alan. Dann stellten Harry und Bobby, während die Erwachsenen Tee tranken und Eve die biblische Geschichte vorlas, die Hirten und Schafe und Engel und die heilige Familie an ihre Plätze, sobald Eve beim jeweiligen Teil der Geschichte angekommen war. Alan Hamilton machte einen glücklichen Eindruck, als er den letzten der drei Weisen aufstellte.

»Wisst ihr noch, was Grandma Van gesagt hat?«, fragte Audrey die Jungen. »Jesus ist Gottes Geschenk für uns.« Sie schienen Audrey nicht zu hören, weil sie in ihr Zimmer liefen. Wenige Minuten später kamen sie wieder, die Hände voll mit Plastikcowboys und Pferden und Micky und Minnie Maus. Sogar Mr Potato Head war dabei.

»Was wollt ihr denn damit machen?«, fragte Audrey.

»Sie wollen auch das Jesuskind sehen«, erwiderte Bobby.

Belustigt sah Audrey zu, wie der Fernsehschrank sich allmählich mit Besuchern füllte.

»Ich muss etwas beichten«, sagte Alan, als er das Teetablett in die Küche trug. »Ich musste die Unterlagen eigentlich gar nicht heute vorbeibringen, aber ich wollte dich sehen. Und ich bin froh, dass ich hergekommen bin. Das hat Spaß gemacht. Als ich ein Kind war, hat sich Weihnachten ganz anders angefühlt.«

»Das war bei mir auch so.« Im Laufe des Abends hatte sich Audreys Meinung, was Alan Hamilton betraf, ziemlich verändert und um der Kinder willen war sie froh, dass er geblieben war. »Hast du Geschwister, Alan?«

»Drei Schwestern. Ich war das jüngste Kind und der einzige Junge. Deshalb war ich so erpicht darauf, in die Jungengruppe zu gehen.«

Audrey lachte und nahm ihm das Tablett ab, um es auf der Küchenzeile abzustellen. »Danke, dass du uns mit dem Baum geholfen hast.«

»Es gibt noch einen Grund, warum ich heute hergekommen bin. Ich wollte dich fragen, ob du mich zu einem Weihnachtsessen begleiten magst. Die Bank veranstaltet das jedes Jahr für ihre Angestellten. Es findet im Country Club statt, aber es ist gar nicht förmlich oder so. Nur ein Essen und anschließend Tanzen. Ich würde mich sehr freuen, wenn du an dem Abend meine Begleitung wärst.«

Audreys Herz fing an zu hämmern. »Ist das denn erlaubt … mit einer Kundin auszugehen?«

»Ich würde dich ja lieber als Freundin bezeichnen und nicht als Kundin.«

»I-ich weiß nicht.«

»Ich weiß, dass es nicht fair ist, dich mit dieser Frage zu überfallen, aber bitte denk darüber nach. Du kannst mir Bescheid sagen, wenn wir uns beim Schultheater sehen.«

Nachdem Alan gegangen war, sah Eve ausgesprochen zufrieden aus – geradezu selbstgefällig –, aber Audrey war ihr immer noch böse. »Warum hast du ihn ermutigt zu bleiben? Ich dachte, er geht gar nicht mehr nach Hause.«

»Die Jungen vergöttern ihn.«

»Und du hast immer wieder betont, dass wir seine Hilfe brauchen.«

»Bist du wirklich so blind, Audrey? Alan mag dich.«

»Sei nicht albern.«

»Ich habe gehört, dass der dich zu einem Essen eingeladen hat.«

»Hast du etwa gelauscht?«

»Es ist ein kleines Haus«, erwiderte Eve achselzuckend. »Warum hast du nicht Ja gesagt?«

»Ich will nicht mit ihm und seinen reichen Freunden zu einer Party im Country Club gehen. Wir haben nichts gemeinsam.«

Eve lachte laut auf. »Nichts gemeinsam! Wovon redest du denn da? Wenn Alan Hamilton sich mit *mir* verabreden wollte, dann könnte ich guten Gewissens sagen, dass wir nichts gemeinsam haben, wenn man bedenkt, dass ich als Mädchen in der Spülküche gearbeitet habe. Jedes Mal, wenn ich im Country Club war, musste ich eine oscarreife Vorstellung hinlegen, um halbwegs mit den anderen Frauen mithalten zu können. Aber du, meine Liebe, bist in dieses Leben hineingeboren. Deine Eltern waren mindestens so reich wie die von Alan Hamilton. Und du hast nicht nur mit königlichen Hoheiten zusammen gegessen, dein Vater hatte wahrscheinlich sogar mehr Geld als König George.«

»Er ist nicht mein Vater«, murmelte Audrey. Die Erinnerung daran tat immer noch weh. »Alfred Clarkson ist nicht mein Vater.«

Eve sah Audreys Tränen und zog sie in ihre Arme. »Es tut mir leid, Audrey. Das war gedankenlos von mir.«

»Ich weiß nicht, warum ich so weinerlich bin«, sagte Audrey, als Eve sie losließ und sie ihre Tränen fortwischte. »Weihnachten soll doch eine Zeit der Freude sein, aber ich denke immer, dass es Robert sein sollte, der Bobby auf den Schultern trägt, damit er den Umzug sieht. Robert sollte dabei helfen, den Weihnachtsbaum aufzustellen, und mit Bobby den Stern oben draufstecken.«

»Die Erinnerungen werden wahrscheinlich immer schwer sein«, gab Eve zu bedenken. »Aber Robert würde nicht wollen, dass du ewig trauerst.«

»Ich weiß. Ich weiß. Aber ich bin nicht sicher, dass es ihm gefallen würde, wenn ich mit dem reichen Sohn eines Bankers Tee trinke.«

»Warum nicht? Wenn du Alans Eltern als reich und verwöhnt bezeichnest, trifft das auf Roberts Eltern doch auch zu, oder?«

»Ja, aber so wollten Robert und ich nicht leben.«

»Meinst du nicht, dass es ein bisschen ungerecht ist, einen netten Mann wie Alan Hamilton nur deshalb zurückzuweisen, weil er reich ist und aus gutem Hause kommt? Er ist sehr nett, Audrey. Ich habe heute Abend keinen einzigen Fehler an ihm gefunden – und er hat sogar die Lichterkette repariert. Du liebe Güte, er betreut in der Gemeinde kleine Jungen. Wie viele eingebildete Männer im Country Club opfern schon ihre Freizeit für eine Horde Kleinkinder? Wie viele andere feine Herren würden sich im gestärkten Hemd und Nadelstreifenhose für jemand anderen mit einem Weihnachtsbaum rumschlagen?«

»Ich hoffe, das Harz hat seine Kleider nicht verdorben.«

»Außerdem sieht er ziemlich gut aus – oder ist dir das nicht aufgefallen?« Sie fing an, Audrey in die Schulter zu piksen, bis sie sich wegdrehte, wobei sie aber ein Grinsen nicht unterdrücken konnte.

»Schon irgendwie.«

»Er hat sogar Grübchen.«

»Nur eins. Auf der linken Wange.« Audrey hatte den beinahe unwiderstehlichen Drang verspürt, es zu berühren.

»Hurra! Du hast es bemerkt! Geh mit ihm zu diesem Essen, Audrey. Lerne ihn ein bisschen besser kennen, bevor du entscheidest, ob er dein Typ ist oder nicht. Es ist nur ein Essen. Was kann das schon schaden? Vielleicht wird es ja ein netter Abend.« Eve zögerte und fragte dann: »Wovor hast du solche Angst?«

Audrey schloss die Augen und erinnerte sich. »Als ich Robert verloren habe, wollte ich sterben. So einen Schmerz möchte ich nie wieder durchmachen.«

»Dann musst du aufhören zu leben, denn das Leben wird dir Kummer bringen. Das steht fest. Ich habe Alfie geliebt. Ich dachte nicht, dass ich jemals einen Menschen so lieben könnte. Aber Harrys Vater habe ich auch geliebt und dieser Schmerz sitzt tief, weil ich nicht das Recht hatte, ihn zu lieben. Bis heute macht die Scham über mein Verhalten den Kummer noch größer.«

»Hast du denn Angst, Tom zu lieben?«

»Vielleicht. Aber wir reden jetzt nicht von mir, Audrey; wir reden von dir. Hast du Alans Gesicht gesehen, als er uns geholfen hat? Es hat ihm Spaß gemacht, auch wenn er zwei linke Hände hat.«

Audrey lächelte und erinnerte sich an sein freudestrahlendes Gesicht, als die Lichter angingen. »Er hat mir erzählt, dass er noch nie einen Weihnachtsbaum geschmückt hat. Und er hat sich dafür bedankt, dass er helfen durfte.«

»Vielleicht steht er auch nicht auf den Lebensstil der Reichen. Vielleicht will er ja, was du hast. Versprich mir, dass du ihm wenigstens eine Chance gibst. Versprich mir, dass du seine Einladung zu diesem Essen annimmst.«

Audrey seufzte und nickte dann. »Also gut. Aber ich muss verrückt sein.«

Kapitel 6

13 Tage vor Weihnachten

Eves Arbeitstag war hektisch gewesen und sie hatte das Gefühl, dass sie kaum Zeit gehabt hatte, etwas zu Abend zu essen und kurz durchzuatmen, bevor sie zu der Weihnachtsaufführung in die Schule aufbrechen mussten. Eve war gerade im Schlafzimmer der Jungen und versuchte, Harrys widerspenstiges rotes Haar mit einem nassen Kamm zu bändigen, als er fragte: »Können wir das Wünsche-Buch noch mal haben? Bobby und ich haben uns was anderes überlegt.«

»Wir haben euren Brief an den Weihnachtsmann doch schon abgeschickt, weißt du das nicht mehr?«

»Doch, aber wir müssen Santa sagen, dass wir unsere Meinung geändert haben.«

»Was wollt ihr denn ändern?«, fragte Audrey. Sie versuchte, Bobby von seinem Etagenbett zu ziehen und in Hose und Schuhe zu stecken.

»Na ja, wenn es auf einer Seite zwei Sachen gibt, die wir haben wollen«, erklärte Harry, »kann Santa eins davon Bobby geben und eins mir – dann spielen wir zusammen damit.«

»Es ist sehr schön, dass ihr beschlossen habt, euch die Sachen zu teilen«, erwiderte Eve. »Das freut mich sehr.«

»Also, können wir das Buch wiederhaben?«

»Vielleicht nachher. Jetzt müssen wir los, sonst kommen wir zu spät.«

»Das war doch sehr süß von den beiden, dass sie sich die Sachen teilen wollen, oder?«, fragte Audrey, als Eve und sie sich in der Mensa der Schule auf ihre Plätze setzten. Die Esstische waren zusammengefaltet und auf einer Seite des Raums gestapelt worden und die Stühle standen in Reihen vor einer improvisierten Bühne. Der Klang von Kinderstimmen hallte in dem großen Saal wider, sodass Eve befürchtete, Kopfschmerzen zu bekommen.

»Ich bin skeptisch, was ihren neuen Plan betrifft«, sagte sie zu Audrey. »Ich glaube, es ist nur ein schlauer Schachzug, um mehr Spielzeug zu bekommen. Und ich fürchte, es wird einige Zankerei geben, wenn es darum geht, wirklich zu teilen.«

»Du bist aber sehr zynisch.«

»Ich bin realistisch – und willst du wirklich, dass dieses Wünsche-Buch wieder zum Dauerbrenner wird?«

Sie hatten für die Gäste der Jungen Plätze reserviert – Grandma und Grandpa Van sowie Tom, die neben Eve saßen, und Mr und Mrs Barrett, die neben Audrey Platz genommen hatten. Eve sah, dass Alan Hamilton hinten an der Wand stand.

»Er ist gekommen«, sagte sie und stieß Audrey in die Seite. »Alan Hamilton ist hier. Geh und sag ihm, er soll sich zu uns setzen.«

»Das scheint mir ein bisschen dreist.«

»Er ist hier, um Bobby und Harry zu sehen. Sie haben ihn schließlich eingeladen, erinnerst du dich? Und vergiss nicht, dass du mir versprochen hast, heute Abend seine Einladung anzunehmen.« Audrey seufzte und ging nach hinten, um mit ihm zu sprechen. »Rutsch einen Stuhl weiter, damit neben Audrey ein Platz für ihn ist«, flüsterte Eve Tom zu.

Alan begrüßte die Barretts, die überrascht schienen, ihn zu sehen. »Die Jungs haben Alan eingeladen«, erklärte Audrey schnell. »Er leitet ihre Jungschargruppe in der Gemeinde.« Eve stellte ihm alle anderen vor, und wie sich herausstellte, kannten Alan und Tom sich aus der Highschool. »Wir haben zusammen Football gespielt«, erklärte Alan.

»Mensch, ist das lange her«, sagte Tom lachend.

Das Licht im Saal wurde gedämpft und die Vorführung begann mit älteren Schülern, die Gedichte aufsagten, Weihnachtslieder sangen und ein paar ohrenbetäubende Stücke auf ihren Blockflöten spielten. Endlich kam der Zeitpunkt, an dem die Vorschulkinder ihr Krippenspiel aufführen sollten.

»Ich bin ganz nervös«, flüsterte Audrey. »Bobby ist immer so schüchtern.«

Die Lehrerin der Kinder, Miss Powell, führte die meisten Kindergartenkinder in ihren Festtagskleidern zu einer Seite der Bühne, wo sie einen Chor bildeten. Maria und Josef schlurften auf die andere Seite und versuchten, dabei nicht über ihre langen Gewänder zu fallen. Sie näherten sich dem Gastwirt, der mit verschränkten Armen dastand und mürrisch dreinblickte. »Wir brauchen ein Zimmer für die Nacht«, sagte Josef.

»Es gibt kein Zimmer in der Herberge!«, schrie der Wirt. *»Alles voll!«* Maria wich einen Schritt zurück, offensichtlich erschreckt von den Worten oder der Lautstärke, mit der sie ihr an den Kopf geschleudert worden waren. Als sie aussah, als würde sie jeden Moment in Tränen ausbrechen, lenkte der Wirt ein. »Wartet. Wollt ihr reinkommen und was trinken?«

»An die Stelle in der Bibel erinnere ich mich gar nicht«, flüsterte Tom, während das Publikum leise lachte. Maria hätte das Angebot vielleicht angenommen, aber Miss Powell winkte hektisch von der anderen Seite der Bühne und schüttelte den Kopf. Stattdessen bedeutete sie dem heiligen Paar, es solle sich in den Stall in der Mitte der Bühne setzen. Ein Engel mit zarten Flügeln, einem weißen Gewand und einem schiefen Heiligenschein wartete dort auf sie.

Der Engel holte Luft, als wollte er zu einem Tiefseetauchgang aufbrechen, und sagte eilig: »In-jener-Nacht-wurde-das-Jesuskind-gebärt.« Maria griff hinter den Strohballen, auf dem sie saß, und zog eine Puppe hervor, die in ein Handtuch gewickelt war. Sie hielt die Puppe auf dem Arm und wiegte sie hin und her, während Miss Powell den anderen Kindergartenkindern den Einsatz für ihr Lied gab.

»Im Stroh in der Krippe, kein Bett war im Raum, da lag's Jesuskindlein …«

Aber das Baby lag nicht in der Krippe, sondern Maria hielt es noch im Arm. Also versuchte der Engel, ihr das Jesuskind zu entreißen. »Das Baby soll in der *Krippe* liegen!«, zischte das Mädchen, das den Engel spielte.

»Nein, ich halte es!« Ein Tauziehen begann zwischen den beiden, bei dem der Puppe ein Arm ausgerissen wurde, sodass Josef sich bemüßigt fühlte einzugreifen.

»Das Kindlein erwachte, doch weinte es nicht …«, sangen die Kinder.

»Und lass es bloß da liegen!«, sagte Josef, als er die Puppe mitsamt dem abgetrennten Arm in die Krippe fallen ließ. Maria brach in Tränen aus und versuchte, von der Bühne zu fliehen, aber Miss Powell fing sie ab und brachte sie dazu, wieder auf ihrem Strohballen im Stall Platz zu nehmen. Außerdem sammelte sie drei Chorsänger wieder ein, die herübergekommen waren, um sich den abgerissenen Arm des kleinen Jesus anzusehen.

Eve sah zu Audrey hinüber und hielt sich die Hand vor den Mund, um nicht laut loszulachen.

Jetzt kam der Auftritt der Hirten. Die Lehrerin nickte jemandem auf der gegenüberliegenden Seite der Bühne zu und eine Gruppe Hirten watschelte in Bademänteln auf die Bühne, wobei sie versuchten, nicht über ihre »Schafe« zu fallen – Kinder, die mit Wattebäuschen beklebte Westen und Filzohren trugen und auf allen vieren krabbelten. Während der Chor noch eine schiefe Strophe über die Hirten sang, entfernten sich einige der Schafe. Die Hirten bemühten sich, sie mit ihren Stöcken wieder einzufangen, während die Schafe versuchten, ihnen die Stöcke wegzunehmen.

Zum Glück war das Lied dann zu Ende und ein junger Engel, der offenbar Ballerina-Ambitionen hatte, tanzte in einer Pirouette auf die Bühne. Nach zwei Umdrehungen, bei denen er gefährlich nah an die Bühnenkante geriet, verkündete der Engel: »Fürchtet euch nicht! Denn euch ist heute der Heiland geboren … also hört auf, euch zu *zanken!*« Die Worte beendeten den Ringkampf zwischen Hirten und Schafen. »Ihr werdet finden das Kind in Windeln gewickelt und in einer … äh … einer …«

»Krippe!«, rief Josef.

»Ach ja, *in einer Krippe* liegen.« Der Engel drehte seine Pirouetten in Richtung Bühnenabgang, blieb dann aber abrupt stehen und sagte: »Es ist in Betlehem! Ich sollte *in Betlehem* sagen!«

»Haben die das eigentlich geprobt?«, flüsterte Tom grinsend. Eve stieß ihm den Ellbogen in die Rippen.

Einer der Hirten trat einen Schritt vor und sagte: »Lasst uns sehen das … das … Lasst uns das verrückte Ding sehen … das … das gerade passiert ist.« Sein Seufzer der Erleichterung, nachdem er den Satz herausgebracht hatte, war bis zur letzten Stuhlreihe zu hören. Die Hirten und ihre Herde liefen über die Bühne zur Krippe, wobei die Schafe so laut blökten, als wollten sie einen Wettbewerb gewinnen, während der Chor sich mit einer Strophe über Engel abmühte.

»Hört *auf!*«, brüllte Maria über den Lärm hinweg. »Jesus will schlafen!« Sie streckte die Arme in die Krippe, um der Puppe die Ohren zuzuhalten.

Als die Hirten und Schafe erfolgreich abgetreten waren, kam die Zeit der drei Weisen. »Jetzt kommen sie«, flüsterte Eve. Drei kleine Könige mit Kronen aus Goldfolie marschierten in einer Reihe auf die Bühne, während der Chor sang. Ein Junge ging voran, dann folgte Harry und zum Schluss kam Bobby, der mit bleicher Miene zu Boden starrte, als wäre er entweder auf dem Weg zu einer Beerdigung oder müsste sich gleich übergeben.

»Oh nein, ich glaube, er hat Lampenfieber«, flüsterte Audrey.

»Ich hoffe, Miss Powell hat was zum Aufwischen dabei«, erwiderte Eve.

Der erste König starrte geradeaus, während er majestätisch zur Krippe stolzierte, um sein Geschenk abzugeben. Harry interessierte sich mehr für das Publikum als für Jesus und spähte immer wieder in die Menge hinaus. Er grinste, während er die Gesichter musterte. Als er Eve und die restliche Familie entdeckt hatte, leuchtete sein Gesicht auf und er winkte. Eve rutschte auf ihrem Stuhl etwas tiefer. Harry drehte sich um und stieß Bobby an, um anschließend auf die Familie zu zeigen, als wollte er ihn dazu ermuntern, auch zu winken. Bobby schüttelte den Kopf und starrte weiter auf den Boden.

Sie waren fast bei der Krippe angekommen, als Harry, der nicht darauf geachtet hatte, wohin er lief, gegen den ersten Weisen stieß. Der Junge drehte sich um und schubste Harry, sodass der gegen Bobby stolperte. Natürlich schubste Harry zurück.

Miss Powell eilte herbei, um die beiden Streithähne zu trennen, und sagte: »Gebt dem Baby eure Geschenke. Bitte!« Sie wollte dieses Krippenspiel eindeutig so schnell wie möglich hinter sich bringen.

Der erste Weise stellte seine Schachtel neben die Krippe. Harry trat als Nächster vor und sagte: »Meine ist voller Gold, guck mal!« Er öffnete die Schachtel und hielt sie dabei etwas zu schräg, sodass die in Goldpapier gewickelten Schokoladenmünzen sich daraus ergossen und über die Bühne rollten.

»Süßigkeiten!«, rief ein Schaf und die Herde kam näher gekrabbelt, um die Schokoladentaler einzusammeln. »Hey! Die sind für Jesus!«, schrie Harry. »Gib das wieder her!« Erneut musste die erschöpfte Lehrerin die Ordnung wiederherstellen, während das Publikum sich vor Lachen bog.

»Ich ziehe nach England zurück«, sagte Eve.

»Nein, das ist doch total witzig«, sagte Tom. »Ich bin froh, dass ich das nicht verpasst habe.«

Als das Gelächter sich legte, war Bobby an der Reihe, sein Geschenk abzuliefern. »Ich habe dir das hier gebracht«, sagte er und stellte seine Schachtel ab. »Und das hier.« Er hob seine königliche Robe an und kramte in seiner Hosentasche, aus der er dann ein kleines Plüschkaninchen zog, das er auf die verstümmelte Puppe legte. Das Publikum stieß einen kollektiven Seufzer aus. »Ahhh.«

»Bobby hat die Show gerettet!«, flüsterte Tom. Eve stieß ihm wieder den Ellbogen in die Seite. Das Durcheinander endete schließlich damit, dass der ganze Kindergarten »*We Wish You a Merry Christmas*« sang.

Nana Barrett strahlte, während sie applaudierte. »Das war wundervoll! Einfach wundervoll!«

Mr Barrett runzelte die Stirn. »Waren wir in derselben Vorstellung?«

Eve sah Audrey an und beide brachen in Gelächter aus.

Anschließend gab es Kekse für die Kinder und Kaffee für die Erwachsenen. Harry kam herübergerannt und fragte Tom: »Hast du mich gesehen? Hast du mich gesehen?«

»Du warst ja nicht zu übersehen, Kumpel. Das hast du prima gemacht.« Er hob Harry hoch und wirbelte ihn durch die Luft, bevor er ihn wieder absetzte. Grandma Van umarmte ihn. Eve kamen die Tränen. Sie sahen aus wie all die anderen glücklichen Familien mit Müttern und Vätern und Großeltern – aber sie waren keine Familie. Vielleicht würden sie das auch nie sein. Eve trat einen Schritt zurück, um etwas Abstand zwischen sich und Tom und seine Eltern zu bringen.

»Danke, dass ihr alle gekommen seid«, sagte sie. »Das wäre wirklich nicht nötig gewesen.« Es klang abweisender, als sie beabsichtigt hatte.

Tom sah sie prüfend an. »Du brauchst uns nicht zu danken, Eve. Meine Eltern und ich gehören doch zur Familie, oder? Natürlich sind wir gekommen.«

Eve wandte sich ab und versuchte, den Eindruck abzumildern, den sie hinterlassen hatte, indem sie den Barretts und Alan Hamilton ebenfalls für ihr Kommen dankte. Als sie sich wieder umdrehte, um etwas zu Tom zu sagen, war er verschwunden.

Als sie nach Hause kamen, schickte Audrey die Jungen in ihr Zimmer, damit sie ihre Schlafanzüge anzogen. »Aber ihr könnt heute ein bisschen länger aufbleiben, weil morgen kein Kindergarten ist.« Eve musste natürlich am nächsten Tag arbeiten und konnte die Zeit nicht mit ihrem Sohn verbringen. Sie stöpselte die Lichterkette am Weihnachtsbaum ein und sank aufs Sofa, noch immer getroffen von der Tatsache, dass Tom sich nicht verabschiedet hatte.

»Hör zu, Eve«, sagte Audrey zu ihr gewandt. »Du weißt doch, dass wir davon geredet haben, den langen Wunschzettel der Jungen zu begrenzen. Und dass wir ihnen beibringen wollen, worum es an Weihnachten wirklich geht. Also, ich denke schon seit ein paar Tagen darüber nach und habe überlegt, ob wir nicht nur ein Geburtstagsfest für Jesus feiern, sondern –«

»Moment. Hast du Alans Einladung zum Essen angenommen?«, unterbrach Eve sie.

»Ja, habe ich.«

»Gut. Dann kannst du weiterreden.«

Audrey wollte gerade fortfahren, da kamen die Kinder im Schlafanzug ins Wohnzimmer gerannt, in den Händen einen Trupp Zinnsoldaten und Bobbys Plüschhasen. Die fügten sie zur Krippenszene auf dem Fernsehschrank hinzu.

»Dann erzähle ich es euch allen gleichzeitig«, sagte Audrey, als sie ihre Spielfiguren arrangiert hatten. »Während ich eure Aufführung angesehen habe –«

»Unsere *was?*«

»Euer Stück … als ich euer Theaterstück gesehen habe, wollte ich sagen. Also, die drei Weisen haben Jesus doch Geschenke gebracht, richtig?«

»Ich hatte Gold!«, sagte Harry.

»Genau. Und da es an Weihnachten auch darum geht, anderen Geschenke zu machen und nicht nur selbst welche zu bekommen, dachte ich, wir sollten auch etwas verschenken. Jemandem irgendwie helfen. So wie die drei Weisen.«

»Das ist eine fantastische Idee, Audrey!«

»Ihr Jungen habt Geld im Sparschwein, mit dem ihr die Geschenke kaufen könnt –«

»Aber das ist *mein* Geld«, jammerte Harry. »Dafür habe ich Sachen im Haus gemacht.«

»Was glaubst du denn, woher das Geld kommt, mit dem wir unser Essen oder eure Kleidung bezahlen?«, fragte Eve. »Jemand muss dafür arbeiten.«

»Wenn du das Geld aus deinem Sparschwein nicht ausgeben möchtest«, schlug Audrey vor, »kannst du zusätzliche Arbeiten übernehmen und dir noch mehr verdienen.«

Harry sank auf den Boden und seufzte theatralisch. »*Noch mehr* arbeiten?«

»Ich will mein Sparschwein nicht aufmachen«, sagte Bobby.

»Also …« Audrey fuhr sich mit den Fingern durch die Haare, offensichtlich enttäuscht. »Wir könnten damit anfangen, dass wir morgen eure Spielzeugkiste durchsehen und ein paar Sachen aussuchen, die ihr anderen Kindern schenken könnt, die nicht so viel haben wir ihr.«

Die Jungen sahen sie entsetzt an. »*Unsere* Spielsachen?«, fragte Bobby.

Harry stöhnte. »Das wird ja immer schlimmer!«

»Ihr habt so viel Spielzeug, dass auf euren Regalen kaum noch Platz ist.«

»Können wir nicht neue Regale bekommen?«, fragte Bobby.

»Manche Kinder haben überhaupt kein Spielzeug, Bobby.«

»Kann Santa ihnen nicht was bringen?«

»Ich finde die Idee deiner Mummy ganz toll«, sagte Eve und klatschte in die Hände. »Als ich so alt war wie ihr, war ich eins von den Kindern, die nicht viel hatten. Deine Mum war sehr nett zu mir und hat mir ihre Bücher geliehen, weil es bei mir zu Hause überhaupt keine Bücher gab.«

»Es ist schön zu teilen, was man hat«, bekräftigte Audrey. »Wir wollen, dass ihr beide selbst erlebt, wie schön es ist. Wir können wie die echten drei Weisen sein, die Geschenke machen.«

»Und ich weiß auch schon, wer das erste Geschenk bekommen sollte«, sagte Eve. »Erinnert ihr euch an das baufällige kleine Haus, an dem wir auf dem Weg zu Grandma Vans Hof immer vorbeifahren? Ich habe draußen Kinder spielen sehen und glaube, sie würden sich sehr freuen, wenn sie zu Weihnachten ein paar Spielsachen bekämen.«

»Wunderbar!«, sagte Audrey. »Morgen rufe ich Grandma Van an und frage sie, ob sie etwas über die Familie weiß.«

Aber als sie die rebellischen Mienen ihrer Söhne sah, machte Eve sich keine großen Hoffnungen, dass Audreys Plan aufgehen würde.

Kapitel 7

12 Tage vor Weihnachten

»Ja!!! Kein Kindergarten mehr!«, jubelte Bobby, als er am nächsten Morgen seine Rice Krispies hinunterschlang.

»Sollen wir eine Schneeburg bauen? Hast du Lust?« Harry war mit seinem Frühstück schon fertig und setzte seine Schale an, um die letzte Milch daraus zu trinken, bevor er sich mit dem Handrücken über den Mund fuhr. Bobby hob sein Schüsselchen, um Harrys Beispiel zu folgen, aber Audrey hielt ihn gerade noch rechtzeitig zurück.

»Bitte nimm einen Löffel. Wir trinken nicht aus unseren Tellern. Das wisst ihr beide ganz genau.« Aber sie fragte sich, ob sie zu pingelig war. Eve würde vielleicht sagen, dass Jungen halt so sind. Sie trugen ihre Teller und Saftgläser zur Spüle, dann rannten sie zur Garderobe, um ihre Gummistiefel und Jacken und Schneehosen anzuziehen. »Wartet«, sagte Audrey. »Wisst ihr noch, worüber wir gestern Abend gesprochen haben? Darüber, dass wir wie die drei Weisen sein wollen und an Jesus' Geburtstag anderen Geschenke machen wollen?«

»Wir wollen keine Weisen mehr sein«, antwortete Harry. Bobby nickte zustimmend.

»Harrys Mum und ich haben jedenfalls beschlossen, dass es unsere neue Weihnachtstradition sein wird, anderen etwas zu schenken. Ihr könnt gleich rausgehen und ein bisschen im Schnee spielen«, sagte sie und nahm ihnen die Mäntel weg. »Aber zuerst will ich, dass ihr eure Spielsachen durchseht und ein paar Dinge aussucht, die ihr Kindern schenken könnt, die kein Spielzeug haben.«

»Aber Mummy, ich mag alle meine Spielsachen.«

»Was ist, wenn wir nichts finden, was wir weggeben wollen?«, fragte Harry.

»Vielleicht findet Santa Claus dann, dass ihr keine neuen Spielsachen braucht, weil eure Regale und Kisten schon voll sind.«

»Aber … das ist ungerecht!«

»Soll ich euch helfen, etwas auszusuchen?«, fragte Audrey, als sie im Kinderzimmer waren. »Ich kann ein paar Vorschläge machen.«

»Das schaffen wir schon«, sagte Harry mit einem Seufzer.

»Gut. Ich komme wieder, wenn ich das Frühstücksgeschirr abgewaschen habe.« Nachdem sie die Küche aufgeräumt hatte, rief Audrey Grandma Van an und erzählte ihr von ihrer Geschenkeidee. »Eve und ich haben uns gefragt, ob die Familie, die bei euch an der Straße wohnt, vielleicht etwas zu Weihnachten gebrauchen könnte. Die Leute scheinen nicht sehr wohlhabend zu sein.«

»Das ist eine wunderbare Idee«, erwiderte Grandma Van. »Die Robertsons haben drei kleine Jungen, die alle noch nicht in der Schule sind. Ich bringe ihnen manchmal Eier und Milch. Vielleicht kann Tom auch einen Weihnachtsbaum für sie schlagen. Und glaubst du, Harry und Bobby würden gerne kommen und mir helfen, Plätzchen für die Robertsons zu backen?«

»Das würden sie bestimmt gerne machen.«

»Kommt einfach irgendwann heute Nachmittag rüber, dann backen wir.«

Audrey stellte enttäuscht fest, dass Bobby und Harry nur sechs Spielsachen ausgewählt hatten, und alle waren kaputt. »Die Kinder der Robertsons sind jünger als ihr, also suchen wir mal nach Spielsachen, für die ihr schon zu groß seid.« Audrey kniete sich neben die Spielzeugkiste und begann darin zu wühlen. »Was ist mit diesen Bauklötzen hier? Und mit dem Holzboot? Mit diesem Spiel spielt ihr doch gar nicht mehr.« Sie zog mehrere Dinge für Kleinkinder heraus und stand dann auf, um die Regale durchzusehen. »Diese Bilderbücher braucht ihr nicht mehr. Und hier ist ein Ball. Ihr habt mehrere andere Bälle.« Audrey sah sich im Zimmer um. »Was ist mit dem hölzernen Schaukelpferd?«

»Ich mag das Pferd, Mummy.«

»Ich weiß, aber ihr seid dafür viel zu groß. Und ihr spielt gar nicht mehr damit. Es wäre doch schön, wenn ein anderer kleiner Junge sich darüber freuen könnte.« Sie half ihnen, noch ein paar Dinge auszusuchen, die für kleinere Kinder besser geeignet waren, dann kramte sie noch in den Schubladen und im Kleiderschrank nach Anziehsachen und Schuhen und Stiefeln, aus denen die beiden herausgewachsen waren.

Nachdem sie alles zusammengepackt hatten, ließ Audrey die Jungen nach draußen gehen und bis zum Mittagessen ihre Schneeburg bauen.

Später an diesem Nachmittag fuhren sie zusammen zur Farm, um Plätzchen zu backen. Als sie an dem heruntergekommenen Haus der Robertsons vorbeikamen, fuhr Audrey etwas langsamer. »Seht ihr die kleinen Jungen, die da im Schnee spielen?«, fragte sie. »Das sind die Kinder, denen ihr eure Spielsachen schenkt, euer erstes Weisengeschenk. Es sieht nicht so aus, als hätten sie viel Spielzeug, oder?«

»Das Haus sieht aus, als wenn es gleich zusammenkracht«, sagte Harry.

»Haben sie denn überhaupt was zu essen?«, wollte Bobby wissen.

»Nicht so viel wie wir, da bin ich sicher. Deshalb hilft Grandma Van euch, Plätzchen für sie zu backen. Ich habe auch die Spielsachen mitgenommen, die ihr ausgesucht habt, damit ihr Grandpa Van und Onkel Tom fragen könnt, ob sie die wieder ganz machen können.«

Tom und sein Vater erklärten sich gerne bereit zu helfen, als sie die Spielsachen auspackten. »Das dürfte nicht allzu schwierig sein«, sagte Grandpa, nachdem er sich die Teile angesehen hatte.

»Ich habe noch Farbe, mit der wir die Sachen ein bisschen hübscher machen können«, ergänzte Tom.

»Wenn es nicht zu viel Mühe macht«, sagte Audrey, »wäre es schön, wenn du den Jungs hilfst, selbst dabei mitzumachen, damit sie lernen, wie es geht. Eve und ich versuchen, ihnen beizubringen, dass es Spaß macht, anderen etwas zu schenken. Es ist eine überraschende Erfahrung, die sie bis jetzt noch nicht gemacht haben, und sie könnten eine Lektion im Teilen gebrauchen.«

»Klar, gerne. Ich suche das Werkzeug zusammen, das wir brauchen, um das Spielzeug zu reparieren, und wenn die Plätzchen im Ofen sind, können wir loslegen.«

Zum ersten Mal seit Langem war Audrey so richtig glücklich, als sie in der gemütlichen Küche des Bauernhauses saß und den Jungen und Grandma Van half, Mehl und Butter und Zucker zu mischen, um Weihnachtsplätzchen zu backen. Grandma zeigte ihnen, wie sie den Teig ausrollen mussten, und dann durften die Kinder mit weihnachtlichen Förmchen die Plätzchen ausstechen. Ihre Gesichter und Pullover waren voller Mehl und Audrey konnte sich nicht daran erinnern, einen solchen Nachmittag schon einmal erlebt zu haben – gewiss nicht, als sie selbst noch ein Kind gewesen war –, aber sie war froh, dass ihr Sohn die Gelegenheit dazu hatte, hier zu sein. In dieser Familie gab es so viel Liebe und es war Audrey ein Rätsel, warum Eve nicht zu ihnen gehören wollte. Tom liebte Eve und sie liebte ihn. Audrey begriff es nicht und Eve weigerte sich, ihre Entscheidung zu erklären.

»Wenn die Plätzchen ausgekühlt sind, verzieren wir sie mit Zuckerguss und bunten Streuseln«, erklärte Grandma. »Aber jetzt wascht euch erst mal die Hände und dann könnt ihr zur Spielzeugwerkstatt in den Keller gehen.«

Audrey half Toms Mutter, noch mehr Plätzchenteig vorzubereiten, den sie für später einfrieren würden, während die Jungen mit Grandpa und Tom im Keller arbeiteten. Sie hörte die Kinderstimmen und das Lachen aus dem Keller heraufdringen und wusste, dass sie Tom wahrscheinlich mit unzähligen Fragen löcherten. Und immer wieder konnte Audrey seine tiefe Stimme hören, wenn er alles geduldig erklärte. Eine Stunde später kamen sie wieder herauf, die Hände und Gesichter voller Farbe. »Mit Terpentin geht das schnell wieder ab«, sagte Grandpa augenzwinkernd. Als er die Flecken vorsichtig mit einem feuchten Tuch entfernte, roch es in der ganzen Küche nach dem Zeug. »So. Jetzt wascht euch mit Wasser und Seife, dann seid ihr so gut wie neu.«

»Die Kinder finden ihr Spielzeug jetzt bestimmt toll«, verkündete Bobby.

»Genau! Ist alles wieder ganz.«

Die nächste Stunde verbrachten die beiden Jungen damit, bunten Guss auf die Plätzchen zu schmieren und Zuckerstreusel darüberzuschütten, bis es Zeit wurde, nach Hause zu fahren.

»Am Samstag kommen wir mit Harrys Mum wieder her«, versprach Audrey, »damit wir einen Weihnachtsbaum für die Robertsons schlagen und ihnen unsere Geschenke bringen können.«

»Bis dahin ist die Farbe auch getrocknet«, nickte Tom.

Die Jungen drückten sich die Nasen an der Fensterscheibe platt, als sie auf dem Heimweg wieder am Haus der Robertsons vorbeifuhren. »Haben sie denn was, um den Weihnachtsbaum zu schmücken, Mummy?«, fragte Bobby.

»Das weiß ich nicht.«

»Wir könnten was basteln«, schlug Harry vor.

»Aber sie brauchen eine Lichterkette. Die können wir nicht basteln.« Bobby schwieg einen Augenblick und sagte dann: »Können wir beim Kaufhaus halten und eine Lichterkette kaufen, Mummy?«

»Das könnten wir …«

»Aber vorher müssen wir nach Hause«, erklärte Harry, »damit wir Geld aus unserem Sparschwein holen können.«

Audrey blinzelte, um die Tränen zurückzuhalten, als sie zusah, wie Bobby und Harry die Unterseite ihrer Sparschweine öffneten und Münzen herausschüttelten. Sie wünschte, Eve wäre hier, um ihre eifrige Großzügigkeit mitzuerleben.

Sie fuhren zu Woolworth und Audrey half den Jungen, ein Päckchen mit Christbaumschmuck aus Plastik, eine farbige Lichterkette und eine Schachtel mit Lametta auszusuchen. Dazu kaufte sie noch einen Christbaumständer und zwei Rollen Geschenkpapier. Die Kinder standen auf Zehenspitzen, um den Inhalt ihrer Taschen an der Kasse auf den Tresen zu legen.

»Mummy?«, fragte Bobby. »Ist das genug, um ihnen auch noch ein neues Spielzeug zu kaufen?«

»Woran hast du denn gedacht?« Sie liefen in den Gang mit den Spielwaren und suchten bei den Dingen, die dort ausgestellt waren. Schließlich entschieden sie sich für Weihnachtsstrümpfe aus Netzmaterial für je 79 Cent, die Plastikspielzeug für kleine Jungen enthielten. Audrey überraschte und freute es, dass die beiden nicht nach neuen Spielsachen für sich selbst fragten.

Es wurde allmählich dunkel, als sie das Geschäft verließen, und es hatte angefangen zu schneien. Audrey sah auf ihre Armbanduhr. »Weißt du, Harry, wenn wir noch ein paar Minuten warten, kommt deine Mum mit dem Bus, dann kann sie mit uns nach Hause fahren.«

Eves erschöpfte Miene erhellte sich, als sie aus dem Bus stieg und das Begrüßungskomitee sah.

Harry warf sich in ihre Arme. »Weißt du was, Mom? Wir haben mit Grandma Van Plätzchen gebacken und unser altes Spielzeug repariert und Christbaumschmuck und Weihnachtstrümpfe für die armen Kinder gekauft.«

»Und sie haben ihr eigenes Geld dafür genommen«, fügte Audrey hinzu.

»Das klingt ja so, als hättet ihr einen schönen Tag gehabt.«

»Wir sind gerne schlaue Könige, die Geschenke bringen.«

Sie gingen zu dem Parkplatz, auf dem Audreys Wagen stand, ganz in der Nähe des Bankgebäudes, als plötzlich Alan Hamilton herauskam. Harry lief zu ihm und nahm eine seiner Hände. »Mr Hamilton! Wissen Sie was?« Er fing an, umständlich zu erklären, was es mit den drei Weisen und den Geschenken und den Plätzchen und dem Spielzeug und dem Weihnachtsbaum und den Sachen von Woolworth auf sich hatte. Er machte nur kleine Pausen zwischendurch, um Luft zu holen, und damit Bobby, der Alans andere Hand genommen hatte, rufen konnte: »Ich auch! Ich auch!«

»Am Samstag bringen wir alles zu ihrem Haus«, sagte Harry zum Schluss, »und geben ihnen ihre Geschenke.«

»Du kannst gerne mitkommen, Alan –«, setzte Eve an.

Aber Audrey unterbrach sie schnell. »Ich bin sicher, Alan hat viel zu tun.« Warum drängte Eve den Mann so?

»Wisst ihr«, erwiderte Alan, »dass die Bank jedes Jahr zu Weihnachten Essenskörbe an bedürftige Familien gibt? Ich setze diese Familie gerne auf die Liste. Wann wollt ihr die Sachen denn übergeben?«

»Am Samstag, damit Eve dabei sein kann«, antwortete Audrey.

»Bitte kommen Sie mit, Mr Hamilton«, bat Bobby. »Sie können uns helfen, den Baum reinzutragen, so wie letztes Mal.«

»Wenn du zuerst bei uns vorbeikommst«, schlug Eve vor, »können wir alle zusammen fahren. Aber du solltest auf jeden Fall Stiefel anziehen. Bei Toms Farm werden wir durch jede Menge Schnee stapfen, um den Weihnachtsbaum zu schlagen.«

»Aber wenn du keine Zeit hast –«, versuchte Audrey es noch einmal.

Aber Alan lächelte, sodass sein Grübchen zum Vorschein kam. »Ich glaube, Samstagnachmittag habe ich noch nichts vor. Und ich komme sehr gerne mit.«

Kapitel 8

11 Tage vor Weihnachten

Eve hatte Mrs Herder und ihren Hund seit Tagen nicht mehr gesehen, wenn sie auf dem Weg zur Arbeit oder nach Hause war, und das beunruhigte sie. Ihre Sorge wurde noch größer, als sie am Freitagnachmittag an dem Haus der alten Frau vorbeikam und sah, dass der Schnee auf ihrem Gehweg nicht weggeräumt war. Ob Mrs Herder verreist war? Eve blieb vor dem Haus stehen und hörte ein schwaches Bellen. Der Hund stand am Wohnzimmerfenster. Eve bog in den Weg zum Haus ein und betrat die Veranda. Dann klingelte sie an der Tür. Das Bellen wurde lauter und hektischer. Schließlich wurde die Gardine auf einer Seite des kleinen Fensters neben der Haustür zurückgezogen und Mrs Herder lugte stirnrunzelnd heraus. Die geschnitzte Eichenholztür öffnete sich einen Spaltbreit.

»Ja?«

»Hallo, Mrs Herder. Ich bin eine Nachbarin von Ihnen, Eve Dawson. Ich wohne in einem der neuen Bungalows ein Stück die Straße hinauf.«

»Ja, ich erkenne Sie. Kommen Sie rein, es ist zu kalt, um an der offenen Tür zu stehen.« Der Hund tänzelte um Eve herum und seine Krallen klackerten dabei auf dem Holzfußboden wie die Tasten einer Schreibmaschine.

Eve streckte die Hand aus, um ihn zu streicheln. »Hallo, Doggy. Du bist ja ein Süßer!«

»Cooper! Platz!«, sagte Mrs Herder. Der Labrador sah mit wedelndem Schwanz zu seinem Frauchen auf, machte aber keine Anstalten zu gehorchen.

»Er stört mich nicht«, sagte Eve und kraulte das Tier hinter den Ohren. »Ich mag Hunde. Wissen Sie, ich bin gekommen, weil ich Sie und ihn in den letzten Tagen nicht beim Gassigehen gesehen habe, und als ich sah, dass der Schnee bei Ihnen auf dem Gehweg nicht geräumt ist, habe ich mir Sorgen gemacht.«

»Aber Sie kennen mich doch gar nicht.«

Eve wandte ihre Aufmerksamkeit von dem Hund ab und sah die Nachbarin an. »Oh! Sie haben sich den Fuß verletzt!«

Mrs Herder hielt einen Stock in der Hand und ihr Knöchel war dick bandagiert, ihr Handgelenk ebenso. »Ich bin auf dem vereisten Weg ausgerutscht. Dabei bin ich umgeknickt und hab mir dann das Handgelenk verstaucht, als ich versucht habe, mich abzustützen.«

»Sollten Sie damit nicht zum Arzt? Ich kann Sie fahren. Im Krieg bin ich Krankenwagen gefahren –«

»Der Arzt war schon hier. Er hat gesagt, ich soll den Fuß hochlegen – was ich im Moment offensichtlich nicht tue.«

»Kann ich Ihnen etwas bringen? Brauchen Sie Lebensmittel?«

»Der Laden bringt mir die Sachen, Mrs … Tut mir leid, ich habe Ihren Namen nicht mitbekommen.«

»Eve Dawson. Ich wohne einen Häuserblock weiter mit meinem Sohn Harry, meiner Freundin Audrey und ihrem Sohn Bobby.«

»Ist Ihrer der Rotschopf oder der dunkelhaarige Junge? Ich sehe sie manchmal draußen spielen.«

»Meiner ist der Rotschopf.«

»Sie sind Engländerin?«

»Ja. Audrey und ich haben die Väter unserer Jungen während des Krieges kennengelernt, als sie in England stationiert waren, vor der Landung der Alliierten in der Normandie und –«

Mrs Herder wandte den Blick ab. »Ich sollte mit dem Fuß nicht hier stehen. Es war sehr freundlich von Ihnen, nach mir zu sehen, wenn man bedenkt, dass wir uns gar nicht kennen.« Sie streckte den Arm aus, um das Halsband des Hundes zu fassen und ihn zurückzuziehen, und es war offensichtlich, dass Eve gehen sollte.

Eve hätte sich ohrfeigen können, weil sie den Krieg erwähnt hatte. Warum hatte sie nicht an den goldenen Stern in Mrs Herders Fenster gedacht? Aber der Besuch hatte sie auf eine großartige Idee gebracht, was das zweite Geschenk »der Weisen« sein könnte, an dem sich die Jungen beteiligen würden.

»Du kennst doch die kleine grauhaarige Dame, die immer mit ihrem großen Labrador hier vorbeikommt, oder?«, fragte sie Audrey, kaum dass sie einen Fuß in die Küche gesetzt hatte. »Sie wohnt in dem schönen alten Haus an der Ecke.«

»Die mit dem goldenen Stern im Fenster?«

»Genau. Also, sie ist gestürzt und hat sich den Fuß und das Handgelenk verstaucht. Wie wäre es denn, wenn die Jungen ihr helfen, indem sie morgen den Gehweg vor ihrem Haus freischaufeln? Als zweites Geschenk. Und vielleicht können wir ihr anbieten, mit ihrem Hund Gassi zu gehen.«

»Ein Hund, Mom?«, fragte Harry, der in diesem Augenblick in die Küche gerannt kam. »Kriegen wir einen Hund?«

»Nein, ich habe von Mrs Herders Hund gesprochen. Ihr habt doch bestimmt den großen gelben Hund gesehen, der jeden Tag mit seiner Besitzerin hier vorbeikommt.«

»Ist das ein lieber Hund?«, fragte Bobby. Er sah aus, als hätte er ein bisschen Angst.

»Er ist ganz freundlich. Ihr werdet Spaß mit ihm haben. Er heißt Cooper.«

»Und wir können ihr welche von den Plätzchen bringen, die wir mit Grandma Van gebacken haben«, schlug Bobby vor.

»Das ist eine wunderbare Idee.«

ଔ

Am nächsten Morgen klingelten sie nach dem Frühstück bei Mrs Herder. »Hallo, ich bin es wieder«, sagte Eve, nachdem Mrs Herder zur Tür gehumpelt war. Eve bückte sich, um Cooper zu kraulen, damit er aufhörte zu bellen. »Meine Freundin Audrey und ich und unsere zwei Jungs sind gekommen, um Ihren Gehweg freizuräumen, wenn Sie nichts dagegen haben.«

»Das ist sehr freundlich, aber –«

»Wir sind wie die drei schlauen Könige«, erklärte Harry und trat zu der alten Dame. »Ich meine, die weisen Könige … nein, die drei Weisen. Wir schenken Leuten was.«

»Und wir haben Ihnen auch Plätzchen mitgebracht«, fügte Bobby hinzu. Er gab ihr den eingepackten Teller.

»Die mit Schokolade sind am besten«, erklärte Harry.

»Dann machen wir uns hier draußen an die Arbeit, Mrs Herder«, sagte Eve. »Und wenn wir fertig sind, wäre es toll, wenn wir mit Cooper Gassi gehen dürften. Ich bin sicher, er ist es leid, immer nur im Haus zu sein.«

»Ich weiß nicht, was ich sagen soll.« Mrs Herder lächelte schwach. »Danke.«

»Gern geschehen. Also, wir legen jetzt los. Setzen Sie sich mit dem Fuß besser wieder hin.«

»Cooper wird sehr froh sein.«

Der Schnee war nur wenige Zentimeter tief und so überließen Eve und Audrey den Jungen so viel Arbeit, wie sie mit der Schneeschaufel, die sie mitgebracht hatten, und der Schaufel von Mrs Herders Veranda bewältigen konnten.

»Das macht Spaß!«, verkündete Bobby, als sie mit den Schaufeln über den Asphalt kratzten und den Schnee in alle Richtungen warfen.

»Wir sind groß und stark, nicht wahr, Mom?« Harry reckte die Arme in die Luft, um seine Muskeln zu zeigen, die unter dem dicken Wintermantel natürlich gar nicht zu sehen waren. Schneeklumpen hingen an den Fäustlingen der Kinder und fielen ihnen bei der Arbeit in die Gummistiefel. Ihre Socken würden pitschnass sein.

Als sie fertig waren, arbeiteten Eve und Audrey noch ein bisschen nach und vergewisserten sich, dass der öffentliche Gehweg und der Pfad zu Mrs Herders Haus von allem Schnee befreit waren, während die Jungen auf dem Rasen vor dem Haus Schneeengel machten. Eve sah, dass Mrs Herder in einem Sessel am Fenster saß, Cooper an ihrer Seite, und ihnen zusah.

»Sollen wir Mrs Herders Hund jetzt ausführen?«, fragte Eve, als sie fertig waren. Bobby wirkte zuerst ein wenig ängstlich, freundete sich aber schnell mit Cooper an, nachdem Harry die Initiative ergriffen hatte. Sie wechselten sich damit ab, die Leine zu halten, während sie mit dem Hund um den Block liefen.

»Achtet darauf, dass ihr ihn gut festhaltet«, mahnte Audrey. »Cooper scheint eine Menge Energie zu haben.«

»Warum bleibt er eigentlich immer stehen und schnüffelt an allem?«, wollte Harry wissen.

»Das machen Hunde nun mal«, erwiderte Eve achselzuckend. »So erkunden sie ihre Umgebung.« Anschließend warfen die Jungen vor dem Haus für Cooper immer wieder Bälle, die er dann apportierte. Mrs Herder hatte Kaffee gemacht und Eve und Audrey saßen mit ihr am Küchentisch und sahen zu, wie die Kinder mit ihrem neuen Freund spielten. Cooper war ein Schelm, der so tat, als wollte er ihnen den vollgesabberten Ball geben, um ihn dann aber nicht loszulassen und Tauziehen zu spielen, wenn Harry oder Bobby versuchten, den Ball zu packen. Das Geräusch ihres Gelächters, während sie mit dem Hund im Schnee herumtobten, brachte selbst Mrs Herder zum Lächeln. Als die Jungen und der Hund müde waren, bestand Mrs Herder darauf, dass sie ins Haus kamen und sich aufwärmten, bevor sie nach Hause gingen.

»Ich will Ihnen etwas dafür geben, dass Sie den Gehweg freigeräumt haben –«, begann die alte Dame.

»Nein, bitte, das ist unser Geschenk für Sie. Die Jungen waren beim Krippenspiel zwei der drei Weisen, wissen Sie, und wie die echten Weisen aus dem Morgenland haben wir beschlossen, an diesem Weihnachtsfest andere zu beschenken.«

»Und wir würden gerne jeden Tag kommen und mit Cooper Gassi gehen, bis es Ihrem Fuß wieder besser geht«, fügte Audrey hinzu.

»Dann lassen Sie mich wenigstens dafür etwas bezahlen.«

»Kommt nicht infrage. Die Jungen haben unglaublich viel Spaß dabei.«

»Warum haben Sie eigentlich keinen Weihnachtsbaum?«, fragte Harry, als sie Mrs Herders Wohnzimmer betraten.

»Es ist zu viel Arbeit dieses Jahr, mit meinem verstauchten Fuß und Handgelenk.«

Eve fragte sich, ob sie anbieten sollten, ihr zu helfen, beschloss dann aber, dass es vielleicht zu viel war. Die Einrichtung in Mrs Herders elegantem altem Haus erinnerte Eve an das Londoner Stadthaus von Audreys Eltern mit all dem viktorianischen Nippes und einem mit Rosshaar gepolsterten Sofa und türkischen Teppichen auf dem gebohnerten Eichenfußboden.

Eve entdeckte das Bild eines jungen Mannes in Uniform auf dem Kaminsims und überlegte, ob sie etwas sagen sollte. Als sie das letzte Mal hier gewesen war und den Krieg erwähnt hatte, hatte Mrs Herder abweisend reagiert. Aber Eve wusste auch, dass es manchmal schlimmer war, über geliebte Menschen, die man verloren hatte, *nicht* zu reden – so als hätte es sie niemals gegeben. Also beschloss sie, ein Risiko einzugehen. »Ist das Ihr Sohn?«, fragte sie und hielt die Luft an.

Mrs Herder sah das Bild nicht an, sondern blickte stattdessen zu Harry und Bobby hinüber, die auf dem Boden saßen und Cooper kraulten. »Ja, das ist Michael. Cooper war sein Hund. Ich habe versprochen, mich um ihn zu kümmern, während Michael auf den Philippinen gekämpft hat. Nach seinem Tod sagten alle, ich sollte Cooper weggeben, aber das konnte ich einfach nicht. Er ist ein guter Gefährte.«

»Es tut mir sehr leid«, sagte Eve. »Audrey und ich haben unsere Mütter bei einem Bombenangriff der Nazis in London verloren.«

Mrs Herder sah Eve an, wandte dann aber schnell den Blick ab. »Mein Fuß wird heilen, aber den Schmerz seines Verlusts werde ich bis ans Ende meiner Tage mit mir herumtragen.«

»Das verstehe ich«, sagte Audrey.

Auf dem Sims stand noch ein zweites Bild, das eine junge Familie mit drei Kindern in einem Fotostudio zeigte. »Sind das auch Verwandte von Ihnen?«, fragte Eve.

»Mein älterer Sohn Ronald und seine Frau leben mit ihren Kindern in Manhattan.«

»Werden Sie sich an Weihnachten sehen?«, wollte Audrey wissen.

»Ich glaube nicht. Ron ist Arzt, wie mein Mann es war, und es ist immer schwierig für ihn, sich freizumachen. Er arbeitet in der Notaufnahme im Lenox Hill Hospital, da ist sehr viel los.«

»Können Sie ihn denn nicht besuchen?«

Mrs Herder seufzte. »Er sagt immer, ich soll mit dem Zug in die Stadt fahren, aber ihre Wohnung ist im zehnten Stock und man darf keine Hunde mitbringen. Cooper wäre in einem Tierheim sehr unglücklich.«

Eve warf Audrey einen Blick zu, die sofort nickte. »Wenn Sie Ihren Sohn besuchen wollen, nehmen wir Cooper gerne eine Weile auf, während Sie fort sind.«

»Familien sollten während der Feiertage zusammen sein.«

»Das kann ich wirklich nicht von Ihnen verlangen.«

»Haben Sie ja auch nicht – wir bieten es aus freien Stücken an. Die Jungen betteln schon die ganze Zeit, dass sie sich zu Weihnachten einen Hund wünschen.«

»Und ich will mich nicht aufdrängen«, fügte Audrey hinzu, »aber ich fahre Sie gerne zum Bahnhof.«

»Bitte denken Sie darüber nach, Mrs Herder«, sagte Eve. »Dann können Sie uns Bescheid sagen, wenn wir das nächste Mal mit Cooper rausgehen.«

Audrey stand auf. »Wir gehen jetzt besser. Die Jungen überbringen heute Nachmittag noch mehr Geschenke.« Eve erhob sich ebenfalls und sah sich nach Bobby und Harry um, die merkwürdig still waren. Sie entdeckte die beiden unterm Esstisch, wo sie mit Cooper saßen und in einer Zeitschrift blätterten. »Was lest ihr denn da?«, fragte Eve. Beim Klang ihrer Stimme fuhren die beiden zusammen und die schuldbewusste Miene der beiden ließ Eve sofort Verdacht schöpfen. Sie ging in die Hocke und staunte nicht schlecht, als sie das *Christmas Wish Book* vom Kaufhaus Sears in den Händen der Kinder sah. »Ich fasse es nicht! Woher habt ihr das denn?«

»Das lag auf dem Tisch«, sagte Bobby und zeigte nach oben.

»Wir zeigen Cooper die ganzen Spielsachen. Er wollte sie sehen.«

»Ihm gefallen die Feuerwehrautos«, erklärte Bobby. »Die Leitern kann man richtig rausziehen und wieder reinschieben.«

»Kommt, es wird Zeit, dass wir nach Hause gehen«, sagte Eve. »Wir haben noch mehr Geschenke zu machen, wisst ihr noch?«

»Sie können den Katalog behalten, wenn sie wollen«, sagte Mrs Herder.

»Danke, aber wir haben zu Hause schon einen.«

»Sagen Sie uns, wann wir mit Cooper Gassi gehen sollen«, bat

Audrey die alte Dame, als die Jungen ihre Gummistiefel anzogen und ihre Mäntel zumachten. »Die Kinder haben jetzt Weihnachtsferien.«

»Normalerweise gehen wir morgens und abends, aber eigentlich ist es egal.«

»Und bitte denken Sie über unser Angebot nach, den Hund über die Feiertage zu hüten«, erwiderte Eve. Sie zeigte auf die Jungen, die den Hund zum Abschied umarmten. »Cooper wäre in sehr liebevollen Händen.«

Sie verabschiedeten sich alle und machten sich auf den Heimweg. »Glaubst du, dass sie unser Angebot annehmen wird?«, fragte Eve, während sie zu ihrem Haus gingen.

»Schwer zu sagen. Aber wenn ich ehrlich bin, bezweifle ich es«, erwiderte Audrey.

Alan Hamilton erschien nach dem Mittagessen genau zum richtigen Zeitpunkt, um alle in seinem Wagen zur Farm der Vandenbergs hinauszufahren – in einem nagelneuen rot-weißen Buick Roadmaster. »Wow!«, staunte Harry, als er das Fahrzeug sah. »Ihr Auto sieht ja aus wie eine Zuckerstange!«

»Dürfen wir wirklich damit fahren, Mr Hamilton?«

»Natürlich«, sagte er und öffnete die hintere Tür für sie. »Springt rein.«

Eve kletterte mit Harry und Bobby auf den Rücksitz, damit Audrey vorn neben Alan sitzen konnte. Eve war sicher, dass Audrey deswegen später mit ihr schimpfen würde, so wie sie auch geschimpft hatte, weil Eve Alan überhaupt erst eingeladen hatte mitzukommen. »*Ich* habe Alan nicht eingeladen«, hatte sie Audrey berichtigt. »Das war dein Sohn. Und Alan hätte höflich ablehnen können, das weißt du.«

»Wie sollte er denn«, hatte Audrey schnippisch geantwortet, »wenn alle sich gegen ihn verschworen haben?«

Tom wartete auf dem Hof mit einer Axt und dem Schlitten auf sie. Sein hellbraunes Haar war vom Wind zerzaust. Der Anblick seines attraktiven Grinsens und seiner entspannten Haltung löste in Eve den Wunsch aus, in seine Arme zu laufen. Tom gab Alan die Hand und sagte: »Willkommen auf unserer Farm«, während er Harry und Bobby durch die Haare fuhr. Audrey schenkte er sein schiefes Lächeln, aber Eve gegenüber war er auffallend unterkühlt. Wahrscheinlich hatte sie das verdient. Sie wollte sich dafür entschuldigen, wie sie sich nach der Weihnachtsaufführung in der Schule getrennt hatten, aber sie war nicht sicher, wie und wo sie anfangen sollte.

»Kannst du uns auf dem Schlitten ziehen, Onkel Tom?«, fragte Harry.

»Klar doch. Steigt auf.« Tom lachte und plauderte mit Alan, während sie über das Feld durch den Schnee zu dem Hain mit Weihnachtsbäumen stapften und den Schlitten hinter sich herzogen. Toms Hund Champ sprang um sie herum und schnüffelte nach Kaninchen. Es war mal wieder eine hektische Arbeitswoche für Eve gewesen, weil ihr Vorgesetzter sich bemüht hatte, alle seine dringende Korrespondenz zu erledigen, bevor das Büro über die Weihnachtstage geschlossen wurde. Eve war froh darüber, dass sie ihren freien Samstag in der Sonne und an der frischen Luft verbringen konnten. Aber Toms Kälte ließ ihr Herz frösteln.

Natürlich suchten Harry und Bobby Bäume aus, die größer waren als Tom und Alan. »Sie brauchen einen richtig großen!«, hatte Harry mit kindlicher Großzügigkeit beschlossen.

»Das Haus der Robertsons sieht aber nicht sehr groß aus«, wandte Audrey ein. »Lasst uns mal gucken, ob wir einen kleineren Baum finden, der nicht so viel Platz wegnimmt.« Es tat Eve weh, als Tom den Baum schlug, so wie es immer war, wenn ein lebendes Wesen zu Boden ging. Wenigstens war es für einen guten Zweck. Sie zogen den Baum mit dem Schlitten zum Bauernhof zurück und luden dann alles auf Toms Lieferwagen und in Alans Auto für die kurze Fahrt zum Haus der Robertsons. Grandma Van kam auch mit.

»Also denkt daran, höflich zu sein«, ermahnte Audrey die Jungen, »und sagt nichts davon, wie arm diese Leute sind. Wir wollen schließlich nicht, dass sie sich schämen.«

»Das stimmt«, fügte Eve hinzu. »Die drei Weisen waren sehr reich, erinnert ihr euch? Und das Jesuskind war so arm, dass es in einem Stall schlafen musste. Also geben wir den Robertsons einfach unsere Geschenke und gehen dann wieder. Wir werden nicht ins Haus gehen oder so etwas.«

Die Familie kannte Grandma Van natürlich, sodass diese als Erste zum Haus ging, um anzuklopfen. Sie hatte einen Korb mit Zimtschnecken und ein Glas Erdbeermarmelade dabei. Sie sprach kurz mit Mrs Robertson und gab den anderen dann ein Zeichen, aus den Autos zu steigen. Die drei kleinen Jungen schienen zuerst ganz schüchtern, aber als sie sahen, wie Tom den Weihnachtsbaum von der Ladefläche seines Wagens holte und zu ihrem Haus trug, hüpften sie vor Freude auf und ab. »Ein Baum! Ein Baum! Wir haben einen Weihnachtsbaum!«

»Wir dachten, es wäre schön für euch«, sagte Grandma Van. Tom trug den Baum ins Haus und platzierte ihn in dem neuen Christbaumständer.

»Der ist für den Geburtstag von Jesus!«, erklärte Harry. Er sprang ebenso begeistert auf und ab wie die drei kleinen Robertson-Jungen. »Und hiermit können Sie ihn schmücken.« Er gab Mrs Robertson die Tüte mit Lichterkette, Lametta und Kugeln, die sie gekauft hatten.

Eve beobachtete Harry dabei. Er strahlte, weil die kleinen Kinder sich so freuten, und dachte: *Er hat es verstanden! Er merkt jetzt, wie schön es ist, anderen etwas zu schenken, statt nur selbst beschenkt werden zu wollen. Vielleicht lernen er und Bobby langsam, andere Weihnachtswünsche zu entwickeln.*

»Diese Ketten und Sterne haben wir selbst gemacht«, sagte Bobby und überreichte den Schmuck, den sie am Abend zuvor gebastelt hatten. »Und wir haben auch Geschenke, wie die drei Weisen.« Normalerweise war er sehr schüchtern, wenn er es mit Fremden zu tun hatte, deshalb war Eve überrascht und erfreut zu sehen, dass er sich aktiv beteiligte. Er gab Mrs Robertson eines der Spielzeuge, die sie mit Toms Hilfe repariert hatten und die Grandma Van anschließend in buntem Papier verpackt hatte. Eve und Audrey und Alan gingen mehrmals vom Auto zum Haus und brachten die restlichen Geschenke. Dann fiel Bobby die Dose mit den Plätzchen ein. »Wir haben beim Backen geholfen«, sagte er.

Alan ging noch zweimal zum Auto, um Mrs Robertson den Geschenkkorb von der Bank zu bringen, der gar kein Korb war, sondern ein Karton, und zwei große Tüten voller Lebensmittel. Zum Schluss gaben Eve und Audrey ihr die Tüten mit Kleidung und Schuhen, aus denen Harry und Bobby herausgewachsen waren. Die Tränen in Mrs Robertsons Augen brachten ihre tiefe Dankbarkeit zum Ausdruck.

»Das macht Spaß«, sagte Harry, nachdem sie sich verabschiedet hatten und zum Auto zurückgegangen waren. »Ich finde es toll, einer von den Weisen zu sein, die Geschenke bringen.«

»Ich auch!«

»Habt ihr Zeit, noch mit zu uns zu kommen, damit die Jungen Schlitten fahren können?«, fragte Tom, bevor er wieder in seinen Wagen stieg.

»Ich habe noch ein Blech frische Zimtschnecken zu Hause«, rief Grandma Van von seinem Beifahrersitz aus. »Ich hoffe, ihr kommt alle mit und helft uns beim Essen, bevor ihr wieder fahrt.«

»Danke, aber vielleicht muss Alan ja wieder nach Hause«, sagte Audrey. »Wir wollen ihn nicht aufhalten.«

Alan schien Audreys Protest zu amüsieren. »Ich kann mir nichts Wichtigeres vorstellen, als mit einem Schlitten einen schneebedeckten Hügel hinunterzufahren und selbst gemachte Zimtschnecken zu essen«, antwortete er.

Eve ging mit Audrey und Grandma Van ins Haus und sah vom Küchenfenster aus zu, wie die Männer die Jungen mit dem Schlitten anstießen, damit sie den Hang hinunterrasen konnten. »Warum können unsere Söhne den ganzen Tag draußen in der Kälte sein, ohne zu frieren?«, fragte sie.

»Das ist ein Rätsel«, erwiderte Grandma Van lachend. Sie goss Milch in einen Kochtopf, um heißen Kakao zu machen. »Sie schienen Freude daran zu haben, diese Geschenke zu machen.«

»Ich würde sagen, die ersten beiden Geschenke der Weisen waren ein Riesenerfolg«, sagte Audrey. Sie stellte das Blech mit Zimtschnecken für Grandma in das Warmhaltefach des Ofens. »Wir haben Mrs Herder geholfen, den Schnee von ihrem Gehweg zu räumen und mit dem Hund Gassi zu gehen, und jetzt haben wir etwas Weihnachtsfreude zu den Robertsons gebracht.«

»Ich habe das Gefühl, dass wir etwas bewirken«, fügte Eve hinzu. Sie wandte sich vom Fenster ab, um Kaffee aufzusetzen. »Ich glaube, die Jungen lernen dabei eine wichtige Lektion.«

»Habt ihr schon eine Idee für das dritte Geschenk?«, fragte Grandma Van. Eve und Audrey sahen einander an.

»Überhaupt keine«, erwiderte Audrey. »Aber es sind ja noch zehn Tage bis Weihnachten.«

Als Tom und Alan und die Jungen lachend und schneebedeckt hereinkamen, duftete es in der Küche nach Kaffee und Kakao und Zimtschnecken. »Hier riecht es ja himmlisch!«, sagte Alan und sog tief den herrlichen Duft ein. Grandpa Van kam vom Stall herein, um sich zu ihnen zu gesellen.

»Dann setzt euch und macht es euch gemütlich«, sagte Grandma Van. »Alles ist fertig.«

Das Klappern von Geschirr und die zufriedenen Seufzer waren die schönste Musik, die Eve sich vorstellen konnte, während sich alle über das warme Gebäck hermachten. *Zuhause.* So sollte ein echtes Heim sein. Sie brachte es nicht über sich, Tom anzusehen, weil sie wusste, dass es ihr das Herz brechen würde, wenn er nicht zurücklächelte.

Als alle sich zum Aufbruch bereit machten, verkündete Tom: »Alan und ich wollen mit Harry und Bobby am Montag eine geheime Mission ausführen, wenn ihr nichts dagegen habt.«

Harry fing an, auf und ab zu hüpfen. »Ja! Onkel Tom will Bobby und mir Geld geben für Arbeiten, damit wir –«

»Sch!« Bobby hielt Harry den Mund zu. »Das ist doch ein Geheimnis, weißt du noch?«

»Ja! Es ist ein Geheimnis!«

»Wir haben alles geplant«, fuhr Tom fort. »Audrey kann die beiden am Nachmittag herbringen und ich gebe ihnen was zu tun. Alan trifft uns dann später in der Stadt für unsere geheimen Besorgungen. Und zum Abendessen bringe ich sie dann nach Hause. Ist das in Ordnung?«

»Das ist mir recht«, erwiderte Audrey lächelnd. »Ich liebe ein schönes Geheimnis.« Tom hatte Audrey gefragt und nicht Eve. Er schien sie immer noch zu ignorieren. Und er gab ihr auch keinen Kuss auf die Wange, als sie sich verabschiedeten. Was, wenn sie Tom einmal zu oft zurückgewiesen hatte?

Kapitel 9

8 Tage vor Weihnachten

Audrey sah zu, wie Eve einen Teller Cornflakes zum Frühstück hinunterschlang. Sie aß stehend an der Küchenzeile, anstatt sich an den Tisch zu setzen, weil sie sich beeilen musste, um rechtzeitig zur Arbeit zu kommen, nachdem sie etwas Zeit mit Harry verbracht hatte. »Ich wünschte, ich könnte mit euch zusammen den Hund ausführen«, sagte sie zwischen zwei Löffeln.

»Ja, das wäre schön«, erwiderte Audrey. Eve schien es montagmorgens immer sehr schwerzufallen, zur Arbeit zu gehen, nachdem sie das Wochenende mit Harry verbracht hatte, so als wollte sie auch noch die letzten Minuten mit ihm herausschinden, bevor der Alltag sie wiederhatte.

»Also treffen wir uns heute Abend nach der Arbeit in der Stadt, richtig?«, fragte Eve, nachdem sie einen Schluck Tee getrunken hatte. Sie hatten vor, gemeinsam die Weihnachtsgeschenke einzukaufen. »Hoffentlich laufen wir nicht Tom und Alan und den Jungen über den Weg, während sie auf ihrer ›geheimen Mission‹ sind.«

»Ich kann dich doch von der Arbeit abholen, Eve. Dann musst du nicht mit dem Bus fahren und wir haben mehr Zeit für unsere Einkäufe.«

»Wirklich? Das wäre super! Danke!« Eve zog ihre Stiefel an,

schob die Arme in ihren Mantel und trank noch einen letzten Schluck Tee, bevor sie zur Tür hinauseilte.

Die Spaziergänge mit Cooper hatten für Harry und Bobby noch nichts von ihrem Reiz verloren, wie es schien, und so schlangen sie ihr Frühstück hinunter, um möglichst bald Zeit mit ihrem neuen Freund zu verbringen. Als die Jungen bei Mrs Herder eintrafen, wedelte Cooper so heftig mit dem Schwanz, dass sich sein ganzer Körper bewegte. »Er hat Ihre Jungen richtig ins Herz geschlossen«, sagte Mrs Herder zu Audrey.

»Das beruht auf Gegenseitigkeit, das können Sie mir glauben. Bobby hatte früher immer Angst vor Hunden, aber er liebt Ihren Cooper.«

Nach dem Mittagessen fuhr Audrey die Kinder zu Toms Hof hinaus, wo sie an diesem Nachmittag helfen würden. Kaum war der Wagen hinter dem Haus zum Stillstand gekommen, sprangen die beiden hinaus und rannten mit Toms Hund durch den Schnee, um nach den Schafen zu sehen. Audrey stieg ebenfalls aus, um Tom zu begrüßen. »Danke, dass du das machst. Sie waren schon den ganzen Morgen über schrecklich aufgeregt und haben immer wieder gefragt: ›Wann fahren wir? Wie lange noch?‹ Ich hätte nie gedacht, dass sie so erpicht darauf sein könnten zu arbeiten.«

»Sie scheinen ihre Rolle als Weise sehr ernst zu nehmen«, erwiderte Tom. Seit Audrey den Mann kannte, hatte immer ein gutmütiges Lächeln auf seinen Lippen gelegen, bis heute.

»Ist alles in Ordnung?«, fragte sie.

Tom sah zu den Jungen hinüber, als wollte er sich vergewissern, dass sie außer Hörweite waren, dann sagte er: »Können wir kurz reden?«

»Ja, natürlich.«

»Es geht um Eve …« Er zögerte und kaute auf seiner Unterlippe, als wüsste er nicht, wie er anfangen sollte.

»Ich habe bemerkt, dass euer Verhältnis in letzter Zeit etwas angespannt ist.«

»Ja, das stimmt. Ich will übers Heiraten sprechen, aber sie sagt, es kommt für sie nicht infrage, bis sie das Geld zurückgezahlt hat, das sie dir schuldet. Wenn es dir nichts ausmacht, mir das zu sagen – wie viel schuldet sie dir denn? Vielleicht kann ich irgendwie helfen, damit du dein Geld eher zurückbekommst.«

Audrey seufzte. »Eve braucht mir überhaupt nichts zurückzuzahlen! Das habe ich ihr schon hundertmal gesagt, aber sie hört einfach nicht. Sie sagt, sie hat vier Jahre lang von Roberts Lebensversicherung gelebt, bevor ich herkam, und das will sie mir erstatten.«

»Also … vier Jahre für Nahrung, Kleidung und Wohnung? Das ist bestimmt eine ganze Menge.«

»Ich habe überhaupt nur deshalb zugestimmt, ihr Geld zu nehmen, weil ich hoffte, es würde ihr helfen, die Sache zu verarbeiten. Ich wünschte wirklich, ich könnte sie davon überzeugen, dass sie das nicht tun muss. Aber sie hat solche Schuldgefühle, weil sie alle getäuscht hat, und ich glaube, dass sie es als Buße betrachtet.«

»Dann wird sie von mir wahrscheinlich gar kein Geld annehmen, oder?«

»Wahrscheinlich nicht.«

Tom seufzte und schloss einen Moment lang die Augen und seine Miene zeigte eine Mischung aus Verärgerung, Enttäuschung und Traurigkeit. »Eve besteht außerdem darauf, dass sie bei dir bleiben muss, um dir und Bobby zu helfen«, sagte Tom, als er die Augen wieder öffnete, »und das verstehe ich. Ich weiß, dass du bald die Ausbildung machen willst und viel um die Ohren hast. Aber ich würde auch gerne helfen, was Bobby betrifft. Und meine Eltern auch. Außerdem habe ich zu Eve gesagt, dass es mir nichts ausmacht, wenn sie nach unserer Hochzeit weiterarbeitet, wenn sie weiter ihre Schulden abbezahlen will. Ich verstehe, dass du ihre Hilfe brauchst, und will sie dir nicht zu einem ungünstigen Zeitpunkt wegnehmen, aber …« Er schüttelte den Kopf und starrte über die Weide hinaus zu den verschneiten Feldern in der Ferne.

»Eve war mir in den letzten anderthalb Jahren eine große Hilfe, während Bobby und ich uns in Amerika eingelebt haben. Ich hätte gar nicht gewusst, wo ich anfangen sollte, so neu in diesem Land. Ich habe noch nie selbständig einen Haushalt geführt.« Sie hielt inne und fragte sich zum ersten Mal, ob sie sich vielleicht zu sehr auf Eve verlassen hatte. Vor allem, wenn es sie daran hinderte, mit Tom zusammen zu sein.

»Ehrlich gesagt, ich verliere langsam die Hoffnung«, sagte Tom. »Allmählich denke ich, dass sie mich vielleicht gar nicht heiraten will. Vielleicht gefällt ihr die Unabhängigkeit und es sind alles nur Ausreden, weil sie hofft, dass ich irgendwann aufgebe. Wenn sie mich wirklich lieben würde …«

»Sie liebt dich, Tom. Das weiß ich. Aber ich glaube, sie hat tief in ihrem Innersten das Gefühl, dass sie es nicht verdient hat, glücklich zu sein, bis sie ihre Schulden beglichen hat.« Genau in diesem Augenblick kamen die Jungen zum Wagen zurückgerannt. Offensichtlich hatten sie gewettet, wer als Erster das Ziel erreichen würde. Harry gewann natürlich, so wie seine Mutter es immer getan hatte, wenn Eve und Audrey als Kinder um die Wette gelaufen waren.

»Danke für deine Zeit«, sagte Tom und bedeutete ihr damit, dass ihre Unterhaltung beendet war.

Audrey tat es leid, ihn so entmutigt zu sehen. Sie nahm seine Hand und drückte sie. »Bitte sag mir, ob ich irgendwas tun kann, um zu helfen. Ich will dich unterstützen, Tom.«

Er nickte. »Es wäre mir lieb, wenn du Eve nichts von unserer Unterhaltung sagen würdest.«

»Nein, werde ich nicht.«

Toms Worte verfolgten Audrey den ganzen Nachmittag, nachdem sie allein nach Hause zurückgekehrt war. Sie musste über ein paar sehr beunruhigende Dinge nachdenken. Mr Barrett hatte angeboten, ihre Ausbildung zur Krankenschwester zu finanzieren – als Geschenk. Aber sie hatte sich entschieden, stattdessen eine Hypothek auf ihr Haus aufzunehmen, um zu beweisen, dass sie allein und ohne Hilfe zurechtkam. Aber Eves Hilfe nahm sie doch auch an! Abgesehen von dem Geld aus Roberts Lebensversicherung, das Eve ihr zurückzahlen wollte, bezahlte Eve Miete und beteiligte sich an den Lebenshaltungskosten und passte auf Bobby auf. Audrey verließ sich auf Eves Geld, um über die Runden zu kommen, während sie selbst zum College ging. Inwiefern bewies Audrey also ihre Unabhängigkeit?

Sie grübelte noch immer über diese schwierigen Fragen nach, als sie Eve später am Tag von der Arbeit abholte und sie gemeinsam in die Stadt fuhren, um die Weihnachtseinkäufe zu erledigen, während die Jungs bei Tom und Alan waren. Audrey versuchte, fröhlich und unbekümmert zu wirken, damit Eve nicht bemerkte, dass etwas nicht stimmte, denn sie wollte das Versprechen halten, das sie Tom gegeben hatte. »Sollen wir im Kaufhaus anfangen?«, schlug sie vor. »Dort gibt es eine tolle Spielzeugabteilung.« Sie gingen durch die Gänge, die Wunschzettel ihrer Söhne in der Hand, und Audrey sah, dass Eve alle Preisschilder begutachtete.

»Ich kann mich nicht entscheiden«, seufzte Eve schließlich. »Ich mache mir Sorgen, dass Harry enttäuscht sein wird, aber ich kann mir einfach nicht viel leisten.«

»Wir haben doch beide beschlossen, sie nicht darin zu unterstützen, immer mehr haben zu wollen – weißt du noch?«, erwiderte Audrey. »Suchen wir also zwei oder drei Geschenke aus, die wir uns leisten können, mehr nicht.« Das Geld im Treuhandvermögen gehört Bobby, sagte sie sich. Genau wie die Lebensversicherung von Robert. Sie wollte wie Eve auch nur von dem leben, was eine alleinerziehende Mutter sich leisten konnte. Schließlich entschieden sie sich für zwei Schaufelbagger, mit denen man richtig Erde bewegen konnte. Dazu einen kleinen Konstruktionsbaukasten für Harry und Bauklötze für Bobby. Dann gingen sie zu Woolworth, um ein paar kleine Dinge zu kaufen, die sie in die Strümpfe der Jungen stecken konnten. Audrey tat noch Tesafilm und Geschenkpapier und eine Packung Einladungskarten für die Geburtstagsparty von Jesus in den Einkaufskorb.

Sie waren gerade wieder zu Hause eingetroffen, als Alans rot-weißer Buick in die Auffahrt einbog. Er stieg mit Bobby und Harry aus dem Wagen und begleitete die beiden zur Haustür.

Audrey ging ihnen entgegen und sah, dass Alan unter seinem Mantel einen Nadelstreifenanzug trug, so als wäre er direkt von der Arbeit aus mit den Jungen zum Einkaufen losgezogen. »Danke, dass du sie nach Hause gebracht hast«, sagte Audrey. »Ich dachte, Tom wollte das machen.«

»Kein Problem, ich habe angeboten, das zu übernehmen. Er muss Kühe melken.« Die Kinder hüpften um Audrey und Alan herum, als hätten sie so viele Geheimnisse, dass sie jeden Augenblick platzen würden.

»Die Arbeit auf dem Hof scheint ihnen nichts von ihrer Energie geraubt zu haben«, sagte Audrey lächelnd. »Gut, dass sie gleich noch mit einem Hund Gassi gehen müssen.«

Alan beugte sich vor und flüsterte: »Tom und ich haben gewettet, wie lange es dauern wird, bis einer von den beiden alles ausplaudert. Und die zweite Wette ist, wer von beiden es sein wird.«

Audrey musste lachen. »Ich werde euch Bescheid sagen, wenn es so weit ist und wer es war.«

Nachdem sie mit Cooper draußen gewesen waren und zu Abend gegessen hatten, saßen sie zu viert um den Esstisch, um die Einladungskarten zu der Geburtstagsparty für Jesus zu schreiben. Die Feier sollte am ersten Weihnachtstag um drei Uhr stattfinden. »Weil Weihnachten der Geburtstag von Jesus ist, oder, Mummy?«, fragte Bobby.

»Genau.« Audrey war froh, dass die Jungen nichts vom Weihnachtsmann sagten, als sie darüber sprachen, was für einen Geburtstagskuchen sie kaufen sollten und welche Eiscremesorte.

»Also, wen wollt ihr zu dieser Party einladen?«

»Euch beide«, antwortete Harry.

»Danke schön. Wir kommen sehr gerne.«

»Nana und Granddad Barrett«, erklärte Bobby.

»Und Grandma und Grandpa Van und Onkel Tom«, fügte Harry hinzu.

»Und Mr Hamilton«, sagte Bobby.

»Vielleicht feiert Mr Hamilton an Weihnachten mit seiner eigenen Familie«, wandte Audrey schnell ein.

»Aber wir können ihn ja trotzdem fragen«, gab Eve ebenso schnell zurück.

Audrey würde Eve ins Gewissen reden müssen, wenn die Jungen schliefen, denn sie wollte nicht, dass die beiden Alan zu sehr ins Herz schlossen. Es war nicht richtig, dass Eve ihn immer mit einbezog, so als könnte er Roberts Platz in Bobbys Leben übernehmen. Oder in ihrem eigenen.

»Was ist mit Mrs Herder und Cooper?«, fragte Bobby. »Können wir die einladen?«

»Ja, sie hat ja nicht mal einen Weihnachtsbaum«, nickte Harry.

»Ihr könnt ihr morgen, wenn ihr sie seht, die Einladung geben«, antwortete Eve. »Wir müssten sie aber mit dem Auto abholen. Sie hat doch einen verstauchten Knöchel, das wisst ihr ja.«

»Und ihr dürft nicht enttäuscht sein, wenn sie Nein sagt«,

warnte Audrey, »aber ich finde es sehr lieb, dass ihr sie einladen wollt.«

Audrey schrieb die Einladungen, während Eve die Umschläge mit Adressen versah. Bobby und Harry schrieben ihre eigenen Namen unten auf jede Karte und leckten die Umschläge und die Briefmarken an. »Morgen werfen wir sie ein«, versprach Eve.

»Es gibt noch eine Sache, über die wir reden sollten, bevor ihr ins Bett geht«, sagte Audrey, als sie ins Wohnzimmer gingen, um fernzusehen. »Wir müssen entscheiden, was unser drittes Weisengeschenk sein soll. Es sind schließlich nur noch acht Tage bis Weihnachten. Irgendwelche Ideen?«

»Das mit den ersten beiden Geschenken habt ihr zwei ganz toll gemacht«, sagte Eve und nahm Harry in den Arm. »Mrs Herder und die Robertsons waren sehr dankbar für eure Geschenke. Und wir sind ganz stolz auf euch, dass ihr so fleißig gearbeitet habt.«

»Das hat Spaß gemacht! Wir sind gerne zwei Weise«, erwiderte Harry.

»Muss das Geschenk für jemanden sein, den wir nicht kennen?«, fragte Bobby.

»Ich glaube nicht. Warum?«

»Ich möchte ein Geschenk für jeden kaufen, den wir zu der Party einladen. Ohne Geschenke können wir schließlich nicht Geburtstag feiern.«

Audrey sah ihren Sohn an, berührt von seiner Großzügigkeit und Aufmerksamkeit. Sie beugte sich vor, um einen Kuss auf seine Stirn zu drücken. »Ich finde, das ist ein tolles drittes Geschenk von unseren kleinen Weisen.«

»Mach eine Liste, Mummy.« Bobby zählte die Namen an den Fingern ab. »Eins für Nana und Granddad und Grandma und Grandpa Van und Onkel Tom und Mr Hamilton …«

»Für euch brauchen wir keine Geschenke zu kaufen, Mom, weil –«

Bobby boxte Harry gegen die Schulter und fiel ihm ins Wort. »Still! Das ist doch ein Geheimnis!«

Audrey hielt sich die Hand vor den Mund, um ein Lächeln zu verbergen, weil sie sich an die Wette zwischen Alan und Tom erinnerte. Sie hätte geschworen, dass es Harry sein würde, der sich verplapperte.

»Ist ja schon gut«, seufzte Harry.

»Hast du noch irgendwelche Arbeiten, die wir im Haus machen können?«, fragte Bobby.

»Ja, wir brauchen noch mehr Geld, damit wir die ganzen Geschenke kaufen können. Das Geld, das wir auf dem Hof verdient haben, ist schon –«

Wieder versetzte Bobby ihm einen Hieb. »Sch!«

»Aua. Ich vergess das immer.«

Audrey sah Eve an und lächelte. »Sie haben wirklich begriffen, worum es geht. Ja, natürlich könnt ihr euch noch was dazuverdienen, indem ihr uns helft. Wir überlegen uns ein paar Arbeiten, die ihr übernehmen könnt, dann könnt ihr morgen gleich anfangen. Und am nächsten Samstag gehen wir alle einkaufen, weil Harrys Mum dann nicht arbeiten muss.«

Als die Jungen im Bett lagen, setzte Audrey sich zu Eve aufs Sofa. »Fällt dir etwas ein, was die beiden in den nächsten Tagen tun könnten?«, fragte sie.

»Da hätte ich schon genügend Ideen.« Eve rückte ein wenig näher und senkte die Stimme. »Aber wie sollen wir die Jungs dafür bezahlen? Ich bin fast ganz pleite, Audrey, und wir müssen noch Kuchen und Eiscreme kaufen.«

»Darüber habe ich auch schon nachgedacht und ich habe beschlossen, dir die Miete für diesen Monat zurückzugeben –«

»Nein, Audrey! Das lasse ich dich nicht machen!«

»Es ist mir egal, ob du mich ›lässt‹ oder nicht – ich werde es tun. Wir versuchen, den Jungen etwas über das Schenken beizubringen, oder? Also ist das mein Geschenk für dich. Nur dieses eine Mal.«

»Also gut. Aber wenn noch etwas übrig ist, wenn wir die Party und die Geschenke bezahlt haben, will ich, dass du es als meinen Beitrag zur Miete nimmst. Abgemacht?« Audrey sah, wie wichtig es für Eve war, dass sie Ja sagte.

»Abgemacht.« Audrey stand auf, um den Fernseher einzuschalten, doch dann fiel ihr etwas ein. »Bevor ich es vergesse: Ich darf die Einladung für Mrs Herder nicht vergessen, wenn ich morgen früh mit den Jungen rübergehe, um mit Cooper Gassi zu gehen.« Audrey ging in die Küche und lehnte die Karte an die Teekanne. »Die Vorstellung, dass Mrs Herder an Weihnachten ganz allein ist, macht mich traurig«, sagte sie, als sie ins Wohnzimmer zurückkehrte. »Aber ich vermute, sie wird nicht zu unserer Party kommen. Sie kennt uns ja nicht sehr gut.«

»Ich hoffe, sie nimmt unser Angebot an, auf Cooper aufzupassen, damit sie zu ihrem Sohn fahren kann.«

»Das hoffe ich auch, aber ich bin eher skeptisch.«

Plötzlich setzte Eve sich auf dem Sofa auf. »Vielleicht müssen wir ihr einen kleinen Schubs geben.«

Audrey konnte in Eves Gehirn förmlich kleine Rädchen rotieren sehen und wappnete sich für eine der kühnen Ideen ihrer Freundin. »Ich traue mich ja kaum zu fragen, aber an was für einen kleinen Schubs hast du denn gedacht?«

»Wir sollten Mrs Herders Sohn in New York anrufen. Wenn wir ihm sagen, dass wir angeboten haben, Cooper zu hüten, kann er sie vielleicht überreden, das Angebot anzunehmen, und sie kann Weihnachten mit ihrer Familie feiern.«

»Ich weiß nicht, Eve. Meinst du nicht, dass das ein bisschen viel Einmischung wäre?«

»Im schlimmsten Fall ist Mrs Herder uns böse und spricht kein Wort mehr mit uns. Aber es ist Weihnachten, Audrey. Ich will nicht, dass sie das Fest allein verbringt. Sie sollte bei ihren Kindern und Enkeln sein.«

»Wie willst du ihren Sohn denn finden?«

»Also, wir wissen, dass er Dr. Ronald Herder heißt und im Lenox Hill Hospital arbeitet. Wir könnten einfach versuchen, ihn dort anzurufen.«

»In der Notaufnahme?«

»Warum nicht? Wir können doch sagen, dass es um seine Mutter geht. Wir werden ihn fragen, ob er weiß, dass sie bei Glatteis gestürzt ist. Das ist ein sehr guter Grund für einen Anruf.«

»Und was ist, wenn er in Panik gerät und das Schlimmste befürchtet? Wir wollen dem armen Mann doch keinen Schreck einjagen, wenn fremde Menschen wegen seiner Mutter anrufen.«

Eve wehrte ihre Bedenken mit einer Handbewegung ab. »Er arbeitet in der Notaufnahme. Wahrscheinlich ist er Überraschungen gewohnt.«

Audrey merkte, dass sie Eve die Idee nicht würde ausreden können. Ihre Freundin war wie Cooper mit seinem Ball – wenn er ihn erst einmal zwischen den Zähnen hatte, ließ er ihn nicht mehr los.

»Dr. Herder weiß vielleicht gar nicht, dass seine Mutter gestürzt ist und sich verletzt hat«, fuhr Eve fort. »Damit kannst du anfangen, und wenn du seine Aufmerksamkeit hast, kannst du ihm von unserem Vorschlag erzählen, Cooper zu hüten.«

»Warte mal … nachdem *ich* seine Aufmerksamkeit habe?«

»Ich überlasse dir diese Aufgabe, Audrey. Ich würde ihn ja selbst anrufen, aber ich muss den ganzen Tag arbeiten.«

Audrey öffnete den Mund, um zu protestieren und darauf zu bestehen, dass Eve diese verrückte Idee selbst in die Tat umsetzte, doch dann zögerte sie. Sie erinnerte sich an ihre Unterhaltung mit Tom und ihre beunruhigende Schlussfolgerung, dass sie sich zu sehr auf Eve stützte. Sie wollte nicht der Grund dafür sein, dass Eve Tom warten ließ. Audrey seufzte, weil sie wusste, dass es an ihr hängen bleiben würde, Dr. Herder anzurufen. »Ich finde trotzdem, dass wir uns da etwas zu sehr einmischen.«

»Es ist Weihnachten. Und wie Harry immer sagt: ›Wir sind die schlauen Könige.‹«

Am nächsten Morgen ging Audrey mehrmals an dem Telefontisch im Flur vorbei, während sie versuchte, den nötigen Mut aufzubringen, um Mrs Herders Sohn anzurufen. Nachdem die Jungen mit Cooper Gassi gegangen waren, hatte Audrey sie nach draußen geschickt und ihnen ihren ersten Auftrag gegeben – nämlich das bisschen Schnee zu fegen, das über Nacht auf die Auffahrt gefallen war. Bis sie damit fertig wären, den Schnee wegzuräumen, darin herumzustapfen und eine Schneeballschlacht zu machen, war es wahrscheinlich Zeit fürs Mittagessen.

Einen Fremden anzurufen – dazu noch einen viel beschäftigten Doktor –, war nichts, was Audrey gerne tat. Aber Eve hatte sie schon immer dazu ermutigt, schwierige Dinge anzupacken, angefangen mit ihrer ersten Begegnung zu Hause in England, als Eve Audrey davon überzeugt hatte, dass sie ihren Eltern die Stirn bieten sollte, was das Internat betraf. Eve hatte Audrey tote Käfer in die Hand gelegt, damit sie ihre Ängste überwand. In den letzten anderthalb Jahren hatte sie Audrey immer wieder Mut gemacht und ihr geholfen, sich in Amerika einzuleben und die nötigen Schritte für ihre Ausbildung zu gehen. War es jetzt an der Zeit, dass sie auf eigenen Füßen stand? Und mit Bobby allein hier im Bungalow wohnte?

Der Gedanke machte ihr Angst. Aber Audrey beschloss, dass sie Eve helfen musste. Und Tom, der schon so lange geduldig wartete. Audrey erinnerte sich an einen Zwischenfall während ihrer militärischen Ausbildung, als Eves Klaustrophobie beinahe verhindert hätte, dass sie den obligatorischen Gasmaskentest bestand. Audrey hatte Eve an der Hand genommen und ihre panische Freundin aus dem Raum geführt, damit sie beide den Test bestehen konnten. Ja, sie mischten sich in Mrs Herders Leben ein, indem sie ihren Sohn anriefen. Und Eve hatte sich in Audreys Leben eingemischt, indem sie Alan Hamilton ständig eingeladen hatte. Vielleicht sollte Audrey sich ausnahmsweise mal in das Leben von Eve und Tom einmischen. Aber zuerst musste sie überlegen, wie.

Audrey warf einen Blick durchs Fenster, um zu sehen, ob die Jungen noch mit Schneeräumen beschäftigt waren, dann ergriff sie das Telefon und einen Stift. Von der Auskunft erfuhr sie die Nummer der Krankenhauszentrale. Sie sagte der Dame am Empfang, mit wem sie sprechen wollte, und wartete darauf, dass sie zur Notaufnahme durchgestellt wurde. Je länger Audrey wartete, desto höher würden die Kosten für das Ferngespräch werden, die auf ihrer nächsten Telefonrechnung erschienen. Sie hoffte, dass sich die Ausgabe lohnte. Audrey mochte Mrs Herder. Sie konnte ihre anhaltende Trauer über den Verlust ihres Sohnes verstehen. Denn es verging kein Tag, an dem Audrey nicht an Robert dachte.

Schließlich nahm eine Krankenschwester in der Notaufnahme ab. Audrey fragte, ob Dr. Herder im Hause sei und sie ihn sprechen könne. Fast hoffte sie, dass er nicht da war, denn ihr Mut verließ sie langsam, doch wie sich herausstellte, war er im Dienst. Es schien wie ein kleines Wunder.

»Kann ich ihm sagen, wer anruft?«, fragte die Schwester.

»Mrs Robert Barrett. Ich bin eine Nachbarin seiner Mutter in Connecticut.« Sie wartete wieder und hörte die Uhr ticken, während die Kosten für das Ferngespräch immer weiter stiegen.

Schließlich kam er ans Telefon. »Dr. Herder hier.«

»Hallo, Herr Doktor. Ich heiße Audrey Barrett und bin eine

Nachbarin Ihrer Mutter. Ich bin nicht sicher, ob sie Ihnen das gesagt hat, aber vor ein paar Tagen ist sie auf Glatteis gestürzt und hat sich Knöchel und Handgelenk verstaucht.«

»Nein, das wusste ich nicht. Geht es ihr gut?«

»Ja, sie ist nur ein bisschen eingeschränkt, was das Laufen betrifft. Meine Freundin und ich haben sie besucht und gehen jeden Tag mit Cooper Gassi, bis es ihr wieder besser geht –«

»Das ist sehr freundlich von Ihnen. Danke.«

Audrey hörte aufgeregte Stimmen im Hintergrund. Ein Telefon klingelte. Entfernte Sirenen heulten. Die Geräusche weckten Erinnerungen daran, wie sie mit ihrem Krankenwagen zum Krankenhaus gerast waren. Dr. Herder musste ein viel beschäftigter Mann sein.

Sie holte tief Luft und sprach schnell weiter, damit er keine Gelegenheit hatte, sich über ihre Einmischung zu ärgern. »Mir ist klar, dass es sehr dreist von mir ist, und ich hoffe, Sie halten mich nicht für eine Wichtigtuerin, aber Ihre Mutter hat erwähnt, dass sie die Feiertage nicht mit Ihnen und Ihrer Familie verbringen kann, weil sie den Hund hat. Deshalb wollte ich Ihnen sagen, dass meine Freundin und ich ihr angeboten haben, Cooper über Weihnachten zu hüten, damit Ihre Mutter Sie besuchen kann. Mein Sohn ist fünf Jahre alt und liebt diesen Hund. Das tun wir alle.« Audrey hielt inne und zog eine Grimasse. Sie klang wie jemand, der ständig die Nase in anderer Leute Angelegenheiten steckte. Die Sirenen im Hintergrund wurden lauter.

»Und meine Mutter war damit einverstanden?«

»Nicht direkt. Wir hatten gehofft, Sie könnten sie vielleicht überzeugen. Familien sollten an Weihnachten zusammen sein, finden wir.«

»Ich … äh … Danke, Mrs …?«

»Barrett. Audrey Barrett.«

»Ja. Danke, dass Sie mir wegen Mutter Bescheid gesagt haben. Und wegen des Hundes.«

»Gern geschehen. Und bitte –« Aber er hatte schon aufgelegt.

Den Rest des Vormittags verbrachte Audrey damit, sich Sorgen zu machen, ob sie richtig gehandelt hatte. Auch am Nachmittag sorgte sie sich noch, während die Jungen den Wandschrank im Flur aufräumten und ihr beim Einkaufen halfen. Sie waren stolz darauf, dass sie die Tüten mit Lebensmitteln ganz allein ins Haus getragen hatten. Dann war es Zeit, mit Cooper Gassi zu gehen, und auf dem Weg zu Mrs Herder machte Audrey sich Sorgen, dass Mrs Herder ihr böse sein könnte. Die Jungen würden am Boden zerstört sein, falls die alte Frau ihnen die Tür vor der Nase zuschlug. Aber bestimmt hatte der viel beschäftigte Arzt noch keine Zeit gehabt, seine Mutter anzurufen.

Mrs Herder blickte recht streng drein, als sie die Tür öffnete. Cooper hatte seine Leine noch nicht um. »Kommen Sie bitte kurz herein«, sagte sie. Audrey gehorchte und sagte den Jungen, sie sollten auf der Veranda warten. »Sie haben meinen Sohn angerufen«, sagte Mrs Herder ohne Vorrede.

»Das stimmt. Ich hoffe, Sie sind uns nicht böse. Wir wollten Ihnen und Cooper nur helfen.«

»Ehrlich gesagt, habe ich mich schon etwas geärgert. Aber Ronald hat mich davon überzeugt, dass Sie es gut gemeint haben.«

Audrey hielt die Luft an, während sie wartete. »Und haben Sie sich entschieden, zu ihm zu fahren?«, fragte sie, als sie das Warten nicht mehr aushielt.

»Erst wollte ich nicht, weil ich mit dem Fuß nicht gut in den Zug steigen kann. Aber mein Sohn hat darauf bestanden, dass er mit dem Auto kommt und mich abholt. Morgen ist sein freier Tag.«

»Das ist wunderbar! Es freut mich sehr, das zu hören!« Jetzt konnte Audrey wieder atmen. »Und die Jungen werden begeistert sein, weil sie Cooper ein paar Tage zu Hause haben können. Wann sollen wir ihn denn morgen abholen?« Sie hoffte, dass es abends sein würde, sodass Eve Dr. Herder kennenlernen und das glückliche Ende ihrer Einmischung sehen konnte. Aber Mrs Herder sagte, er würde gegen Mittag kommen.

Bobby und Harry waren angesichts der Neuigkeit, dass Cooper ein paar Tage bei ihnen wohnen würde, so aufgeregt, dass sie an diesem Abend kaum einschlafen konnten. Am nächsten Tag ging Audrey kurz vor zwölf mit den beiden zu Mrs Herders Haus. Als sie sich dem Haus näherten, um an die Tür zu klopfen, hatte Audrey den Eindruck, dass etwas anders war als sonst, aber es dauerte einen Moment, bis ihr bewusst wurde, was es war. Der goldene Stern, der aller Welt verkündete, dass Mrs Herder ihren Sohn im Krieg verloren hatte, hing nicht mehr im Fenster.

Audrey überlegte, ob sie etwas sagen sollte, als die Tür aufging und Mrs Herder sie begrüßte, in ein graues Wollkostüm mit passendem Hut gekleidet. Sie war Audrey immer sehr ernst und reserviert erschienen, aber heute lächelte sie. »Haben Sie Zeit, kurz hereinzukommen?«, fragte sie. »Ich habe Coopers Sachen zusammengepackt – sein Futter, sein Lieblingsspielzeug, die Näpfe für Wasser und Fressen.« Ihre Liebe zu dem Hund war offensichtlich. »Es wäre schön, wenn Sie bleiben und meinen Sohn und seine Familie kennenlernen könnten, falls Sie Zeit haben.«

»Natürlich, das tue ich gern. Vielleicht können die Jungen mit Cooper im Garten spielen, bis er ankommt. Die beiden sind heute kaum zu bremsen.« So hätte sie Zeit, Mrs Herder nach dem goldenen Stern zu fragen.

»Das würde Cooper bestimmt gefallen. Sein Ball ist auch in dieser Tasche.«

»Ich gehe kurz mit in den Garten, um zu sehen, ob das Tor auch gut geschlossen ist. Ich komme gleich wieder.« Als Audrey zurückkam, war Dr. Herder noch nicht da, also beschloss Audrey, ein Risiko einzugehen, während sie zusammen in Mrs Herders elegantem Wohnzimmer saßen. »Ich habe bemerkt, dass der goldene Stern nicht mehr in Ihrem Fenster hängt«, begann sie.

Mrs Herder nickte. »Ich habe ihn abgenommen. Es wurde Zeit.« Sie blickte zu den Fotos ihrer Lieben auf dem Kaminsims hinüber und sah dann wieder Audrey an. »Es ist ganz normal, dass wir um die Menschen trauern, die wir lieben, und uns in unseren Erinnerungen an sie klammern. Aber irgendwann kommt ein Zeitpunkt, in dem es auch normal ist, wieder glücklich zu sein. Das bedeutet nicht, dass wir sie deshalb weniger lieben. Vielleicht ist es sogar ein Zeichen unserer großen Liebe zu ihnen, wenn wir uns daran erinnern, wie es sich anfühlt zu lieben, und bereit sind, noch einmal Liebe zu verschenken und zu empfangen.«

Audrey schluckte einen Kloß der Trauer hinunter, der sich in ihrer Kehle gebildet hatte. Mrs Herder hatte von sich selbst gesprochen, aber ihre Worte waren ein Pfeil, der Audreys Herz durchbohrte.

»Eve hat mir erzählt, dass Sie beide auch geliebte Menschen verloren haben«, fuhr die alte Dame fort.

»J-ja. Wir haben beide unsere Mutter im Blitzkrieg verloren. Und ich habe meinen Mann Robert verloren. Nicht im Krieg, sondern bei einem Autounfall, als er wieder zu Hause war.«

Mrs Herder lächelte. »Sie sind noch so jung. Ich hoffe, Sie haben keine Angst, noch einmal zu lieben.«

Audrey zögerte. »Ich glaube, ich habe tatsächlich Angst.« Sie konnte nicht leugnen, dass sie sich mit Händen und Füßen gegen Eves Bemühungen gewehrt hatte, Alan in ihre Aktivitäten einzubeziehen.

»Ich hatte auch Angst, meine Liebe. Aber für mich wurde es Zeit, mich meiner Angst zu stellen. Und ich hoffe, für Sie und Eve ist die Zeit auch gekommen. Ich habe den Stern abgenommen, weil mir bewusst geworden ist, dass ich aus Trauer eine Art Altar für meinen verstorbenen Sohn gebaut habe. Ich habe mich so an meinen Kummer geklammert, damit für alle sichtbar wird, wie sehr ich meinen Sohn geliebt habe. Aber jetzt, wo ich den Stern endlich weggepackt habe, liebe ich meinen Michael ja nicht weniger.«

»Das war sehr mutig von Ihnen.«

»Nein, überhaupt nicht. Es war feige von mir gewesen, ihn dort hängen zu lassen. Ich wusste, dass er alle anderen auf Abstand halten würde, weil niemand mir in meiner Trauer zu nahe treten wollte. So musste ich mein Herz nicht öffnen, um neu zu lieben. Dann kam eines Tages Ihre Freundin Eve zur Tür hereinspaziert und kurz darauf Sie und die Jungen und alles wurde anders. Ich hatte die dumme Vorstellung, dass Cooper auch um Michael trauerte. Es gab nur uns beide, die hier in unserer Einsamkeit und Trauer zusammenlebten. Aber dann sah ich, wie schnell Cooper sich mit Ihren Kindern angefreundet hat. So glücklich habe ich ihn seit Jahren nicht mehr gesehen. Es bedeutet nicht, dass Cooper sein Herrchen nicht geliebt hat. Er kann Harry und Bobby lieben und trotzdem auch Michael. Und das kann ich auch.« Sie beugte sich vor und nahm Audreys Hände in ihre. »Sie und Eve und Ihre Söhne haben Cooper und mir Ihre Liebe als Geschenk gegeben und uns an das erinnert, was uns gefehlt hat.«

Audrey kamen die Tränen. Was wäre gewesen, wenn Eve sich nicht eingemischt hätte, wenn sie an jenem ersten Tag nicht an Mrs Herders Tür geklopft hätte? Was, wenn sie nicht darauf bestanden hätte, dass Audrey Dr. Herder anrief? Und was wäre geschehen oder auch nicht geschehen, wenn Eve Alan Hamilton nicht eingeladen hätte, zu Weihnachten an ihrem Leben teilzuhaben?

»Ich habe mich selbst bestraft, indem ich Ronald und seine Familie über die Feiertage nicht besucht habe«, fuhr Mrs Herder fort, »weil es mir unrecht erschien, glücklich zu sein und gemeinsam zu feiern, wenn Michael nicht bei uns sein konnte. Es war, als dürfte ich nie wieder glücklich sein und Weihnachten feiern. Wie albern von mir! Wenn ich wieder von ganzem Herzen am Leben teilnehme, bedeutet es nicht, dass ich Michael nicht geliebt habe. Ergibt das einen Sinn?«

Audrey nickte, während die Tränen über ihre Wangen kullerten.

»Ach du liebe Güte, jetzt habe ich Sie zum Weinen gebracht. Das tut mir leid.«

»Das braucht es nicht. Ich weine nur, weil mir bewusst geworden ist, dass es bei mir genauso war. Ich habe auch einen Altar der Erinnerung an meinen Mann errichtet und mich daran festgeklammert, indem ich versucht habe, alles genau so zu machen, wie wir es ursprünglich geplant hatten, und genau so zu leben, wie er es meiner Vorstellung nach von mir erwartet hätte. Mein Sohn hat sich vom Weihnachtsmann einen Daddy zu Weihnachten gewünscht und es hat mich wütend gemacht, so als wäre Bobby meinem Mann untreu, indem er sich einen anderen Vater wünscht. Sie und Cooper haben mir gezeigt, wie unrecht es von mir war, so zu empfinden. Danke. In den nächsten Tagen werde ich viel nachdenken müssen.«

Schritte ertönten auf der Veranda und die Eingangstür öffnete sich, sodass sie beide erschreckt zusammenzuckten. »Hallo … Mom …?«, rief eine fröhliche Stimme. Audrey und Mrs Herder erhoben sich beide, als drei Kinder an dem Mann im Türrahmen vorbeirannten, um ihre Großmutter zu umarmen. Audrey wünschte, Eve könnte diese fröhliche Begegnung miterleben. Sie wischte ihre Tränen fort, während Mrs Herder sie ihren Enkeln und ihrem Sohn und ihrer Schwiegertochter vorstellte.

»Danke, dass Sie mich angerufen haben«, sagte Dr. Herder. »Und für Ihr Angebot, den Hund zu hüten.«

»Ich bin froh, dass ich es getan habe.«

»Hier ist der Schlüssel zu meinem Haus, wenn es Ihnen nichts ausmacht, ein Auge darauf zu haben«, sagte Mrs Herder.

»Das mache ich gerne. Und wir holen auch Ihre Post rein.«

»Ich kann dir zum Wagen helfen, Grandma«, sagte die Enkelin und legte den Arm um Mrs Herders Taille. Ihre beiden Brüder halfen, den Koffer und einige Weihnachtsgeschenke ins Auto zu laden.

Harry und Bobby kamen mit dem Hund zum Tor gelaufen, um zum Abschied zu winken. »Wir passen richtig gut auf Cooper auf«, rief Harry.

»Danke, das weiß ich, mein Junge.«

Audrey stand auf der Veranda und winkte ebenfalls, als Dr. Herders Wagen losfuhr. Dann legte sie Cooper an die Leine, nahm seine Hundesachen und schloss die Tür hinter sich ab. Als sie auf dem Gehweg angekommen war, wandte sie sich noch einmal zum Haus um, noch immer erstaunt darüber, dass der goldene Stern wirklich verschwunden war. Und in diesem Augenblick wusste sie, dass die Mauer der Trauer um ihren verstorbenen Mann, die sie um sich herum errichtet hatte, einen Riss bekommen hatte – keinen großen, aber vielleicht war er breit genug, damit Alan Hamilton sich hindurchzwängen konnte.

Die Jungen rannten vor Audrey die Straße hinunter, während Cooper an der Leine zog. »Jippieh!«, jubelte Harry. »Wir haben zu Weihnachten einen Hund bekommen!«

Kapitel 10

5 Tage vor Weihnachten

»Ich frage mich, wie lange ich wohl brauchen werde, bis ich mich daran gewöhnt habe, dass wir einen Hund im Haus haben«, sagte Audrey am nächsten Abend nach dem Essen. »Ich bin schon zweimal über seinen Wassernapf gestolpert und musste alles aufwischen.« Sie saß mit Eve im Wohnzimmer, nachdem sie die Jungen gebadet hatten, und blätterte in einigen Ausgaben des *Life Magazine*. Die Lämpchen am Weihnachtsbaum tauchten den Raum in ein gemütliches Licht, auch wenn noch keine Geschenke darunter lagen.

»Da fällt mir ein«, sagte Eve, »dass unser Weihnachtsbaum jeden Tag gegossen werden muss. Cooper steckt immer seine Schnauze in den Ständer und trinkt das Wasser aus.«

»Er ist ein bisschen groß für unseren Bungalow, oder?«, erwiderte Audrey. »Wo ist er überhaupt?«

»Im Kinderzimmer bei den Jungen. Findest du nicht auch, dass es da drüben verdächtig ruhig ist? Und ausnahmsweise quengeln sie auch gar nicht, dass sie fernsehen wollen.«

Audrey lauschte einen Moment lang. Als sie nichts hörte, nahm sie wieder ihre Zeitschrift, um weiterzulesen. Gerade hatte sie die nächste Seite aufgeschlagen, als Harry und Bobby mit einem Lächeln im Gesicht und Cooper auf den Fersen ins Wohnzimmer kamen.

»Können wir bitte das Wünsche-Buch wiederhaben, Mummy?«, fragte Bobby.

»Sag mir erst, warum.«

»Weil Santa Claus morgen bei der Weihnachtsfeier ist und wir ihm sagen müssen, dass wir es uns anders überlegt haben.«

»Dazu ist es ein bisschen zu spät«, erwiderte Eve. »Weihnachten ist in fünf Tagen. Santa hat seinen Schlitten wahrscheinlich längst fertig beladen.«

Audrey sah Bobbys enttäuschte Miene und strich ihm die Haare aus der Stirn. »Was wolltest du denn ändern, Liebling?«

»Als wir mit Onkel Tom und Mr Hamilton einkaufen waren, haben wir wieder das große Flugzeug im Schaufenster gesehen und uns daran erinnert, dass wir das unbedingt haben wollten.«

»Und es steht nicht auf unserer Liste«, fügte Harry hinzu.

»Wenn es in dem Geschäft ist, wozu braucht ihr dann das Wünsche-Buch?«, wollte Eve wissen.

»Wenn wir Santa morgen sehen und ihm von dem Flugzeug erzählen, müssen wir ihm doch sagen, was er dafür von unserer Liste streichen kann.«

Ihre Einstellung rührte Audrey. Was für ein Unterschied gegenüber damals, als sie das Wünsche-Buch zum ersten Mal gesehen hatten. Sie erhob sich von ihrem Sessel und holte den Katalog aus dem Geschirrschrank, in dem sie ihn versteckt hatte. »Danke, Mummy!« Die Jungen rannten in ihr Zimmer zurück, dicht gefolgt von Cooper.

»Dieser Hund scheint sich für ihren kleinen Bruder zu halten«, sagte Eve.

Audrey lächelte und ließ sich mit einem zufriedenen Seufzer wieder auf dem Sofa nieder. »Es tut gut zu sehen, dass sie inzwischen eine andere Einstellung zu Geschenken haben, nicht wahr?«

Eve beugte sich zu Audrey und sagt leise: »Ja, aber ich habe

Harrys Geschenke schon gekauft. Dieses Flugzeug kann ich mir nicht leisten. Hast du gesehen, wie groß das Ding ist? Es war in dem Schaufenster mit all den glänzenden Kochtöpfen und Kaffeemaschinen. Es ist bestimmt sehr teuer.«

»Das stimmt. Wir können es uns nicht leisten. Vielleicht haben sie es ja bis Weihnachten wieder vergessen.« Aber insgeheim dachte Audrey, dass sie es sich doch leisten konnte. Als sie den Kreditantrag bei der Bank gestellt hatte, war sie daran erinnert worden, wie viel Geld auf ihrem Treuhandkonto lag. Sie könnte jedem der Jungen ein solches Flugzeug kaufen. Aber was würde Robert zu einem solchen Luxusgeschenk sagen? Er hatte einen einfachen Lebensstil gewollt, ohne sich auf den geerbten Reichtum zu verlassen. Audrey verdrängte die Idee, so viel Geld zu verprassen. »Ich bin froh, dass die Jungen die Party im Country Club erwähnt haben. Die hatte ich ganz vergessen.«

»Und ich bin froh, dass ich morgen arbeiten muss und nicht dazukommen kann. Es ist eine schrecklich steife Angelegenheit, für die sich alle auftakeln – Mütter, Großmütter und sogar die Kinder. Ich habe keine Ahnung, warum. Wie kann man entspannt feiern, wenn man Kleider trägt, die ganz steif und kratzig sind? Und du weißt ja, dass die Jungen ihre Sonntagskleidung mit Schokoladeneis vollkleckern werden. Warum können sie nicht Cordhosen und Polohemden tragen?«

»Ich glaube, den meisten Müttern macht es Spaß, ihre kleinen Mädchen in Schleifen und Spitze zu verkleiden«, erwiderte Audrey. »Bei Jungs ist das wohl anders.«

»Bin ich froh, dass ich einen Jungen habe!« Eve warf ihr einen Blick zu und grinste, aber Audrey war gar nicht nach Lächeln zumute. »Oh, oh. Du hast wieder diese steile Denkfalte zwischen den Augenbrauen. Jetzt sag nicht, dass du dir wegen der Party morgen Gedanken machst.«

»Nicht wegen der Party, aber ich habe überlegt, dass ich Mrs

Barrett von meiner Verabredung mit Alan am Freitag erzählen sollte. Ich mache mir Sorgen, dass sie es auf andere Weise erfährt – du weißt ja, was für Tratschtanten die Leute im Country Club sind.«

»Einige dieser Frauen haben nichts Besseres zu tun, als Gerüchte zu verbreiten. Und ein attraktiver Junggeselle wie Alan Hamilton ist sicher das eine oder andere Gerücht wert.«

»Ich glaube, Mrs Barrett sollte die Neuigkeit in Sachen Alan zuerst von mir hören. Obwohl er *nur* ein Freund ist und es keine *richtige* Verabredung ist. Aber ich weiß trotzdem nicht, wie ich es ihr beichten soll.«

»Ich finde, es geht sie überhaupt nichts an.«

»Vielleicht nicht«, gab Audrey seufzend zu. »Aber Mr Barrett war so enttäuscht, weil ich hinter seinem Rücken den Kredit beantragt habe. Sie sind beide nicht glücklich über meine Berufswahl. Und mit unserer Bitte, nicht so viele Geschenke zu kaufen, haben wir sie möglicherweise zusätzlich beleidigt. Ich will einfach nicht noch mehr tun, was sie kränken könnte.«

»Du machst dir zu viele Gedanken.«

»Was ist, wenn sie denken, ich wäre ihrem Sohn untreu, weil ich mit jemand anderem ausgehe?«

»Hast *du* denn das Gefühl, ihm untreu zu sein?«

Die Frage traf Audrey wie ein Schlag ins Gesicht. Sie wollte nicht darüber nachdenken, geschweige denn darauf antworten. Vielleicht war der Riss in ihrer Mauer der Trauer doch nicht breit genug, um Alan hindurchzulassen. »Ich habe das Gefühl, ich sollte Mrs Barrett erklären, dass Alan und ich nur Freunde sind.«

»Tu, was du für richtig hältst, Audrey. Aber bitte denk daran, dass Robert sich ganz bewusst entschieden hat, *nicht* nach den Erwartungen seiner Eltern zu leben. Wir werden nun einmal andere Menschen enttäuschen, aber davon dürfen wir unsere Entscheidungen nicht beeinflussen lassen. Und nur damit du es weißt:

Wenn du Alan Hamilton nicht wenigstens eine Chance gibst, wirst du mich und wahrscheinlich auch Bobby enttäuschen.«

Die Party im Country Club erwies sich als fröhliche, feierliche Angelegenheit mit einem riesigen Weihnachtsbaum voller bunter Lichter und mit vielen Aktivitäten zur Unterhaltung der Kinder. Audrey war der Jungen und ihrer Schwiegermutter wegen froh, dass sie gekommen war. Bobby und Harry machten bei allen Spielen mit und ergatterten sogar ein paar Preise. Es gab ein Marionettentheater und Clowns machten Späße und vollführten Zaubertricks. Außerdem gab es ein echtes Rentier, das die Kinder streicheln durften, und genügend Eiscreme und Bonbons, um den Jungen eine Woche lang Bauchschmerzen zu bescheren. Ein Fotograf mit einer Polaroidkamera machte Bilder von ihnen, während sie auf Santas Schoß saßen und ihm ihre Weihnachtswünsche erzählten. Anschließend gab Santa jedem Kind eine Figur aus einer ihrer Lieblingsfernsehserien.

Audrey hatte keine Gelegenheit, ungestört mit Mrs Barrett zu reden, bis sie am späten Nachmittag allein an ihrem Tisch saßen und Tee und Kaffee tranken. Die Jungen hatten ihren Kuchen schon aufgegessen und waren zu der Vorführung der Clowns gelaufen. Also fasste Audrey sich ein Herz und sah ihre Schwiegermutter an. »Ich dachte, du solltest wissen, dass … dass ich mich mit Alan Hamilton angefreundet habe. Er leitet die Jungschargruppe in der Gemeinde und hat uns bei einigen Wohltätigkeitsaktionen zu Weihnachten geholfen und … na ja, er hat mich eingeladen, mit ihm zu einer Weihnachtsfeier für die Bankangestellten zu gehen, und ich habe zugesagt. Ich hatte Sorge, dass ihr es vielleicht für zu früh haltet und –«

»Zu früh?« Mrs Barrett zog überrascht die Augenbrauen hoch.

Ihre dunklen Augen sahen denen von Robert so ähnlich, vor allem wenn sie vergnügt funkelten.

»Ja, ich habe Robert sehr geliebt –«

Mrs Barretts herzliches Lachen schnitt ihr das Wort ab. Sie nahm Audreys Hand und hielt sie fest. »Ach, meine Liebe, ich kann nur sagen, dass es höchste Zeit wird.«

Audrey fiel ein Stein vom Herzen. Sah Mrs Barrett das wirklich so? Audrey musste wieder an den goldenen Stern in Mrs Herders Fenster denken und an das, was sie über den Altar für ihren Sohn gesagt hatte.

»Unseretwegen brauchst du dir wirklich gar keine Gedanken zu machen, Audrey. Wir wollen, dass du glücklich bist – und Bobby auch. Alan ist ein wunderbarer junger Mann.«

»Dann kennst du ihn?«

Sie lachte wieder. »Alans Mutter Priscilla und ich sind langjährige Freundinnen. Wir haben schon oft gesagt, was für ein schönes Paar ihr wäret und dass wir uns wünschen, ihr könntet zueinander finden.«

»Aber ihr habt uns nicht verkuppelt, oder?« Audrey war nicht sicher, ob sie verärgert oder erfreut sein sollte.

»Überhaupt nicht. Wir haben uns kein bisschen eingemischt. Aber Priscilla hat mich angerufen, nachdem Alan so davon geschwärmt hat, wie stark und unabhängig du seist. Sie sagte, es sei das erste Mal, dass Alan Interesse an einer Frau gezeigt hat, seit seine Frau gestorben ist. Und wir haben uns auch sehr gefreut.«

»Seine Frau? I-ich wusste gar nicht, dass Alan verheiratet war.« Warum hatte er das nicht erwähnt? Audrey hätte nicht erklären können, warum diese Neuigkeit sie aus der Fassung brachte, aber das tat sie.

Mrs Barrett trank einen Schluck Kaffee und stellte dann ihre Tasse wieder ab. »Es war sehr tragisch. Seine Frau war lange krank und ist gestorben, kurz nachdem unser Robert umgekommen ist. Priscilla und ich haben uns gegenseitig getröstet.«

Ihre Worte hätten Audrey beruhigen sollen, aber sie lösten neue Sorgen aus. Wie konnte sie der Erinnerung an eine andere Ehefrau gerecht werden? Ganz zu schweigen von den Erwartungen aller Elternteile. »Hör mal, ich hoffe, du und Mrs Hamilton macht euch nicht allzu große Hoffnungen, was Alan und mich betrifft«, sagte sie. »Jedenfalls noch nicht. Es ist viel zu früh, um zu wissen, ob … Ich meine, wir kennen einander ja kaum.«

»Das verstehe ich. Aber solltet ihr zu dem Schluss kommen, dass ihr euch mögt, dann habt ihr auf jeden Fall unseren Segen.«

»Danke. Das bedeutet mir sehr viel.« All das ging Audrey zu schnell. Viel zu schnell. Sie wusste, dass sie den goldenen Stern ihrer Trauer immer noch für andere sichtbar ausstellte. Sie war einfach noch nicht dazu bereit, ihn wegzupacken, so wie Mrs Herder es getan hatte, weil sie fürchtete, all die Erinnerungen an Robert würden verblassen, wenn sie das tat.

»Ich hoffe, du genießt das Essen morgen Abend«, sagte Mrs Barrett. »Und dass ihr beide eure Freundschaft, solange sie anhält, als besonderes Weihnachtsgeschenk empfindet.«

Audrey hatte Nana Barrett im Auto zu der Party mitgenommen, und als sie ihre Schwiegermutter nach Hause gefahren und die Jungen sie mit dankbaren Küssen und Umarmungen überschüttet hatten, wurde es bereits dunkel. Eve war schon von der Arbeit nach Hause gekommen. »Das muss ja ein Fest gewesen sein«, sagte sie, als sie alle ins Haus strömten. »Die Kinder sehen aus, als kämen sie aus dem Krieg zurück.«

Audrey musste lachen, als sie Harry und Bobby ansah, deren Hemden aus der Hose gerutscht waren und die zerknittert und mit Eiscreme bekleckert waren. Die Lippen und Zungen der beiden waren von Bonbons mit Traubengeschmack ganz blau, ihre Hosentaschen waren ausgebeult und in den Armen hielten sie

Tüten mit Preisen und Geschenken. Cooper tanzte fröhlich um sie herum, als sie hereinkamen, und sein Schwanz schwang hin und her wie ein Pendel, während er mit seiner rosafarbenen Zunge ihre klebrigen Gesichter abschleckte.

»Das war das beste Fest der Welt!«, rief Harry. Er ließ seine Beute auf den Küchentisch fallen und lief zu Eve, die in die Hocke ging, um ihn zu umarmen.

»Es freut mich, dass ihr Spaß hattet.«

»Santa hat jedem zu Weihnachten etwas geschenkt«, erklärte Harry. »Wir haben Puppen aus der *Howdy Doody Show* bekommen – Bobby hat Howdy Doody und ich den Clown Clarabell!«

»Die Jungs sind so aufgedreht, dass ich gar nicht weiß, wie sie sich wieder beruhigen sollen«, seufzte Audrey.

»Ich schon«, erwiderte Eve. »Zeit, mit Cooper Gassi zu gehen.«

Am folgenden Abend waren Audreys Nerven angespannt wie Drahtseile, als sie in ihrem Unterkleid vor dem Kleiderschrank stand und sich für ihre Verabredung mit Alan zurechtmachte. Sie drehte sich zu Eve um, die auf einem der Betten saß und ihr beim Ankleiden zusah. »Ich hätte zu dieser Verabredung nie Ja sagen sollen. Wenn du Alan jetzt gleich anrufst und ihm sagst, dass ich Bauchschmerzen habe und ihn heute Abend nicht begleiten kann, wäre es keine Lüge.«

»Ich werde nichts dergleichen tun. Und ich verkneife mir sogar jede Bemerkung darüber, wie albern du dich benimmst.« Eve stand auf und ging zum Schrank. »Wir müssen entscheiden, was du anziehst.«

»Jetzt, wo ich weiß, dass die Barretts und Hamiltons befreundet sind und sich große Hoffnungen machen, was Alan und mich betrifft, ist der Druck wegen dieser Verabredung noch größer.«

»Aber verstehst du denn nicht? Alan spürt diesen Druck bestimmt genauso wie du. Er weiß, wie du dich fühlst. Also habt ihr schon etwas, worüber ihr gemeinsam lachen könnt.«

»Mir ist aber gar nicht zum Lachen zumute.«

»Komm, ich suche ein Kleid für dich aus.« Kleiderbügel quietschten über die Stange, als Eve in Audreys Garderobe stöberte. »Hier. Dieses dunkelblaue Kleid mag ich an dir besonders gern. Es betont deine schmale Taille und du siehst darin wie Grace Kelly aus.« Eve hielt es Audrey an. Das Kleid war aus nachtblauem Satin und hatte einen züchtigen eckigen Ausschnitt und kurze angeschnittene Ärmel. Audrey würde unter dem Tellerrock einen Petticoat tragen müssen. »Dazu Handschuhe bis zum Ellbogen und eine Perlenkette, dann ist es perfekt. Wann kommt Alan?«

»Um sechs Uhr. Vergiss nicht, dass du mit den Jungen und Cooper gehst, bevor er hier auftaucht. Ich will nicht, dass Bobby zu viel in diese Verabredung hineindeutet.«

»Ich glaube, diese Bedenken kommen ein bisschen spät«, grinste Eve. »Schließlich hat Bobby Alan schon gefragt, ob er nicht sein Dad sein kann, erinnerst du dich?«

Audrey schlug die Hände vors Gesicht. »Wie könnte ich das vergessen? Das war so peinlich!«

»Aber keine Sorge. Ich werde dafür sorgen, dass Bobby weg ist, wenn Alan hier erscheint.«

Audrey saß an ihrem Frisiertisch, um etwas Make-up aufzulegen, während Eve die Haarnadeln aus ihren festgesteckten Locken zog, damit sie die Haare anschließend bürsten konnte. »Macht es nicht Spaß, sich mal wieder schick zu machen und tanzen zu gehen?«, fragte Eve.

»Ich wünschte, ich hätte Mrs Barrett nichts von Alan erzählt.«

»Hör mir zu, Audrey.« Eve packte sie bei den Schultern und sah sie im Spiegel an. »Ich weiß zufällig ganz genau, dass du in den vergangenen Wochen die Zeit mit Alan genossen hast – als wir den Baum geschmückt haben, bei der Schulaufführung, auf Toms Hof, als wir den Baum für die Robertsons geschlagen haben und als wir ihnen die Geschenke gebracht haben. Jetzt hör ausnahmsweise mal auf, dir Sorgen zu machen, und amüsiere dich. Genieß den Abend mit Alan. Er ist ein Freund. Und es ist Weihnachten!«

»Du brauchst nicht immer zu sagen: ›Es ist Weihnachten.‹ Ich weiß, dass Weihnachten ist.«

»Dann betrachte es als frühes Weihnachtsgeschenk.« Genau das hatte Mrs Barrett auch gesagt – dass sie ihre Freundschaft zu Alan als Geschenk betrachten sollte. *Und mehr ist es nicht*, sagte sie sich. *Eine Freundschaft*. Wenn die Feiertage vorbei waren, würde ihre Freundschaft wahrscheinlich nur noch eine Erinnerung sein, die zusammen mit dem Baum und dem Lametta und dem Geschenkpapier verschwand.

Die Jungen saßen bei Cooper auf dem Fußboden und sahen fern, als Audrey aus ihrem Schlafzimmer trat, um auf Alan zu warten. »Oh, Mummy!«, sagte Bobby. »Du siehst aus wie eine Prinzessin!« Und Bobby sah genau aus wie Robert, von seinen dunklen Haaren und Augen bis zu der Kerbe am Kinn.

»Danke, Liebling.« Sie bückte sich und drückte einen Kuss auf seine Stirn, dann warf sie einen Blick auf die Uhr – beinahe sechs Uhr. »Ich glaube, es wird Zeit, dass ihr mit Cooper Gassi geht, nicht wahr?« Der Hund verstand das Wort Gassi offenbar, denn er sprang auf und drehte sich im Kreis, wobei sein Schwanz gegen das Sofa schlug. Zum Glück hatte der Hund noch immer nichts von seinem Reiz verloren und die beiden Jungen sprangen ebenfalls auf, um Mäntel und Gummistiefel anzuziehen.

Alan erschien wenig später mit einem reizenden Anstecksträußchen aus roten Rosen. »Du siehst ganz bezaubernd aus, Audrey«, sagte er, während er ihr half, die Blumen an ihrem Handgelenk zu befestigen.

»Danke.« Sie bemerkte den Duft seines Rasierwassers, als er ihr den Mantel hinhielt. Einen Moment lang zog ihr Magen sich vor Nervosität zusammen, doch dann lächelte Alan – und etwas an seinem süßen einseitigen Grübchen half ihr, sich zu entspannen. Eve hatte recht. Dies war ihr gemeinsamer Freund Alan. Sie sollte den Abend mit einem Freund einfach genießen. Wie viele Jahre war es her, dass sie mit jemandem getanzt hatte?

»Bevor ich es vergesse«, sagte Alan. »Sag Bobby und Harry bitte, dass ich ihre Einladung erhalten habe und am ersten Weihnachtstag gerne zu ihrer Geburtstagsfeier für Jesus komme. Ich hatte gehofft, sie heute zu sehen, um es ihnen selbst zu sagen.«

»Sie sind gerade mit dem Hund unserer Nachbarin unterwegs, aber sie werden sich über deine Zusage sehr freuen.«

Der Speisesaal im Country Club war nach dem Kinderfest vom Vortag in ein zauberhaftes Märchenland mit Kerzen und duftenden Pinienzweigen und tausend kleinen Lichtern verwandelt worden. Als Alan Audrey mit seinen Eltern bekannt machte, stieg kurzfristig eine leichte Panik in ihr auf, weil sie sich fragte, wie sie wohl im Vergleich zu seiner ersten Frau abschnitt. Audrey verband mit Verabredungen wie dieser zu gesellschaftlichen Anlässen immer den prüfenden und kritischen Blick von Eltern, die entscheiden würden, ob sie gut genug war. Sie wusste, dass Mrs Barrett und Mrs Hamilton mehr als einverstanden waren, aber anstelle von Erleichterung bereitete ihr das nur neue Sorgen. Würden ihre Mütter zu viel Druck ausüben? Wieder zog ihr Magen sich zusammen und Audrey konnte Eve beinahe flüstern hören: »Hör auf, dir Sorgen zu machen!« Und Eve hatte recht.

Audrey holte tief Luft und lächelte, während sie ein paar Minuten mit Mrs Hamilton sprach. Dann hakte sie sich bei Alan unter, als sie während der Cocktailstunde die Runde machten und seine Angestellten und ihre Ehepartner und Begleitungen begrüßten. Audrey fragte sich, wie Alan und sie wohl zusammen wirkten. Er war so groß und kräftig gebaut, während sie zierlich und schmal war. Alan konnte anderen jede Unsicherheit nehmen, indem er ganz entspannt mit seinem Gegenüber plauderte, und seine angenehme Art hatte dieselbe Wirkung auch auf Audrey. Allmählich hörte sie auf, sich Gedanken zu machen, und als sie schließlich an ihrem Tisch Platz nahmen, fühlte sie sich eigentlich ganz wohl.

Alan war charmant und aufmerksam, während sie die verschiedenen Gänge aßen, und fragte sie, was ihr an Amerika gefiel und was sie aus der Heimat vermisste. Er lauschte gebannt, als sie erzählte, wie sie im Krieg die Krankentransporte übernommen hatten.

»Jetzt bist du an der Reihe«, sagte Audrey, bevor das Dessert aufgetragen wurde. »Warst du während des Krieges auch im Militärdienst?«

»Ich habe mich freiwillig gemeldet, aber meine Aufgabe war nicht annähernd so aufregend wie deine. Ich war fast die ganze Zeit in Washington D. C. stationiert und bin als Verbindungsoffizier zwischen Onkel Sam und verschiedenen Unternehmen, die Aufträge von der Regierung bekommen hatten, durchs Land gereist. Eigentlich ausgesprochen langweilig im Vergleich zu dem, was du gemacht hast.«

»Aber sehr wichtig. Ich weiß aus eigener Erfahrung, wie wertvoll all diese Panzer und Waffen für die Rettung meiner Heimat waren.«

»Anders als meine Freunde habe ich nie etwas von Europa oder Asien gesehen«, sagte Alan seufzend, »aber dafür bin ich in Amerika ziemlich weit rumgekommen. Und es war ein Glück, dass meine Frau während des Krieges bei mir in Washington leben konnte.«

Audrey hatte schon überlegt, wie sie nach seiner Frau fragen sollte, und war froh über das Stichwort. »Mrs Barrett hat mir erzählt, dass du verheiratet warst. Ich würde gerne etwas über deine Frau erfahren, wenn es dir nichts ausmacht.«

Er nickte, blickte aber auf den Tisch und spielte mit seiner Dessertgabel, während er sprach. »Ich habe Elizabeth kennengelernt, als ich im College war. Sie war die Mitbewohnerin meiner kleinen Schwester. Ich glaube, wir wussten beide gleich zu Anfang, dass wir uns liebten, und nach dem College wollten wir gleich heiraten. Aber dann haben die Japaner Pearl Harbor angegriffen und ich bin zum Militär gegangen. Als ich mit der Grundausbildung fertig war und erfuhr, dass ich in Washington stationiert sein würde, beschlossen wir, die große Hochzeit, die wir geplant hatten, zu vergessen und eine einfache Trauung in der Kirche zu feiern.«

»Robert und ich haben in meinem Krankenhauszimmer geheiratet, nachdem ich beim Einschlag einer V1-Rakete verletzt worden war«, erzählte Audrey. »Mein Hochzeitskleid war ein Krankenhaushemd. Es ist schon komisch, wie die Dinge, die wir immer für wichtig halten, wie eine große Hochzeitsfeier, am Ende doch gar keine Rolle spielen.«

»Das stimmt. Und ich bin sehr froh, dass Lizzie und ich nicht gewartet haben. Kurz nach unserem dritten Hochzeitstag wurde bei ihr Lymphdrüsenkrebs diagnostiziert. Die Krankheit schritt ziemlich schnell voran. Es hat kein Jahr gedauert, dann war sie tot.«

»Das tut mir sehr leid.«

»Ich weiß, dass ich dir nicht zu erzählen brauche, wie es ist, einen solchen Verlust zu betrauern. Das weißt du selbst nur zu gut. Ich bin dankbar für die Zeit, die Lizzie und ich zusammen hatten – mehr Zeit als du mit Robert hattest, vermute ich.«

»Das ist wahr. Und den größten Teil unserer kurzen Ehe waren wir getrennt. Aber ich danke Gott jeden Tag dafür, dass wir Bobby bekommen haben.«

»Und jetzt scheint Bobby uns beide zusammengebracht zu haben«, sagte Alan lächelnd. Er nahm Audreys Hand, während die Musikkapelle den *»Tennessee Waltz«* anstimmte, und fragte: »Möchtest du tanzen, Audrey? Lizzie hat immer geklagt, ich hätte zwei linke Füße, aber ich glaube, einen Walzer bekomme ich hin.«

»Sehr gerne.« Alan führte sie zur Tanzfläche und legte eine Hand an ihre Taille. Audrey schloss die Augen, während sie sich im Takt zur Musik wiegten. Mit Alan zu tanzen, war anders, als es mit Robert gewesen war, der schmal und nicht annähernd so muskulös gewesen war wie Alan. Aber wie herrlich es sich doch anfühlte, wieder von einem Mann gehalten zu werden! Audrey spürte, wie der Riss in ihrer Mauer der Trauer um Robert ein wenig breiter wurde.

»Ich möchte gerne über schönere Dinge reden, Audrey, aber bevor wir das tun, will ich euch dafür danken, dass ihr mich in eure Weihnachtsaktivitäten einbezogen habt. Das war ein wunderbares Geschenk für mich.« Da war es wieder, dieses Wort – ein *Geschenk.*

»Wir haben uns gefreut, dich dabeizuhaben.« Es stimmte, auch wenn Eve diejenige gewesen war, die immer darauf bestanden hatte, ihn einzuladen.

»Seit Lizzies Tod habe ich versucht, mich in Bergen von Arbeit zu vergraben. Aber Zeit mit euch und den Jungs zu verbringen, das hat in mir den Wunsch geweckt, das Leben wieder zu genießen. Ich weiß, dass du den Schmerz der Liebe verstehst … und auch die Angst vor dem Risiko, wenn man noch einmal jemanden liebt. Bislang war ich noch nicht dazu bereit, dieses Risiko einzugehen.«

»Ich auch nicht. Robert war tot, bevor ich überhaupt die Gelegenheit hatte, mich von ihm zu verabschieden.«

»Für Lizzie und mich war es ein sehr langer, sehr schwieriger Abschied.«

»Vermutlich gibt es keinen einfachen Weg, einen geliebten Menschen zu verlieren«, sagte Audrey leise.

»Das ist das erste Mal seit Jahren, dass ich Weihnachten genieße. Es war ein herrliches Gefühl, etwas für die Robertsons zu tun. Es ist bewundernswert, wie Eve und du Bobby und Harry beibringt, was es bedeutet, anderen etwas zu schenken. Und ich wollte sagen, dass ich einer von den Menschen bin, denen eure kleinen Weisen ein Geschenk gemacht haben.« Das Stück war zu Ende, aber Alan zog Audrey näher und drückte sie einen Moment lang an sich. »Danke.«

Sie lächelte zu ihm auf. »Gern geschehen.« Sie blieben auf der Tanzfläche und hielten sich an den Händen und es schien ganz natürlich, dass sie wieder zu tanzen begannen, als die Kapelle das Lied *»Because of You«* spielte.

»Ich hoffe, wir können im kommenden Jahr noch mehr Zeit als Freunde verbringen«, sagte Alan. »Ich brauche eine gute Freundin, die versteht, welchen Tribut die Trauer fordert. Was meinst du?«

Er sah auf sie hinunter und Audrey verstand mit einem Mal, wie Mrs Herder sich gefühlt haben musste, als sie den goldenen Stern aus dem Fenster genommen hatte. Ein Hauch von Schuldgefühlen und Bedauern war da, als würde sie sich für immer von einem vertrauten Freund verabschieden, aber auch ein Schimmer der Hoffnung und Vorfreude. »Das fände ich sehr schön, Alan.«

Er führte sie zur Mitte der Tanzfläche, und als einige andere Paare zu lachen anfingen und nach oben zeigten, sah Audrey den Kronleuchter über ihren Köpfen. Ein grüner Zweig hing daran. »Ich glaube, das ist ein Mistelzweig«, sagte Alan lächelnd. Seine Hände lagen auf Audreys Schultern und er beugte sich hinunter, um sie zu küssen. Die Wärme und Freude dieses Kusses durchströmten Audreys Körper bis in ihre Zehen. »Das war natürlich nur ein freundschaftlicher Kuss«, sagte er anschließend mit bemüht ernster Miene.

»Natürlich«, erwiderte Audrey und versuchte, genauso ernst dreinzublicken. Dann lächelte sie und fügte hinzu: »Aber schön war es trotzdem.«

Kapitel 11

4 Tage vor Weihnachten

Eve konnte sich auf keines der Fernsehprogramme konzentrieren. Sie musste immerzu an Audreys Verabredung mit Alan denken und fragte sich, wie es wohl lief und ob Audrey sich endlich einmal entspannen und ihre Sorgen lange genug vergessen konnte, um sich zu vergnügen. Bobby hatte recht gehabt – seine Mutter hatte wie eine Prinzessin ausgesehen. Ein Dornröschen vielleicht? Eve hoffte, dass Audrey endlich aufwachte und wieder das Risiko einging, sich zu verlieben.

Sie hatte die Kinder vor einer halben Stunde zu Bett gebracht, aber sie hörte, wie die beiden noch flüsterten und kicherten. An Heiligabend würde es ihnen wahrscheinlich noch schwerer fallen einzuschlafen. Am ersten Abend hatten die Jungs Cooper mit in ihr Bett nehmen wollen, aber das kam nicht infrage, dafür war der Hund viel zu groß. Schließlich hatten Eve und Audrey eingewilligt, ihn auf einem Teppich vor dem Etagenbett der Kinder schlafen zu lassen. »Aber bitte nicht im Bett. Sonst habt ihr keinen Platz mehr.«

Das Lametta am Weihnachtsbaum glänzte wie bunte Eiszapfen und die Lichter spiegelten sich darin. Wie sehr wünschte Eve sich doch, Harry würde am Weihnachtsmorgen aufwachen und bergeweise Spielsachen unter dem Baum finden – alles, was er sich aus dem Wünsche-Buch ausgesucht hatte, und dazu das große Flugzeug aus dem Schaufenster. Wenn sie es sich doch nur leisten könnte! War es zu spät, um Nana Barrett zu bitten, das Flugzeug für Harry zu kaufen? Und wäre Audrey böse, wenn sie es täte?

Eve stand auf, um einen anderen Sender einzuschalten, als sie draußen Scheinwerfer bemerkte. Ein Fahrzeug kam die Auffahrt herauf. Audrey und Alan konnten doch noch nicht zurück sein, oder? Aber dann erkannte sie das vertraute Knattern und Rumpeln von Toms Lieferwagen. Sie eilte zur Tür, um aufzumachen, bevor er klingeln konnte, weil sie wusste, dass der Hund bellen und die Jungs dann aufwecken würde. Es war Eve etwas unangenehm, Tom gegenüberzutreten, als er auf sie zukam. Er schien ebenfalls angespannt zu sein.

»Hallo, Tom.«

»Hi.«

»Audrey ist mit Alan aus und –«

»Ich weiß. Nimm deinen Mantel und komm kurz raus. Bitte.« Er wartete vor der Tür, die Hände in den Manteltaschen, während sie hineinging und Mantel und Stiefel anzog. Es war ein herrlicher Winterabend und die Luft war so kalt und klar, dass Eve Millionen Sterne am Himmel funkeln sah. Wenn sie zu Toms Hof hinausfuhren, fernab von den Lichtern der Stadt, würde sie noch viel mehr Sterne sehen können und dazu das breite weiße Band der Milchstraße.

»Was bringt dich denn in die Stadt?«

»Ich bin gekommen, um dir dein Weihnachtsgeschenk zu geben.« Er zog eine Schachtel aus seiner Jackentasche und gab sie Eve. Es war ein schlichtes weißes Kästchen, wie man es für eine Kette oder ein Paar Ohrringe verwendet. Eve öffnete es und sah, auf einem Bett aus Watte, einen Ring aus filigran gewirktem Gold mit einem Diamanten. Er sah aus, als handele es sich um ein antikes Schmuckstück. »Der Ring hat meiner Großmutter gehört«, sagte Tom. »Ich bitte dich, meine Frau zu werden.«

Freude und Panik rangen in Eves Herzen miteinander. Sie wollte Ja sagen, aber sie konnte nicht. Sie sehnte sich danach, Tom im Arm zu halten, und zugleich musste sie ihn zurückweisen. Sie hatte Angst, ihn zu lieben, aber zugleich hatte sie Angst, ihn zu verlieren, wenn sie es nicht tat. Sie starrte den Ring an, anstatt Tom anzusehen.

»Wenn du diesen Ring annimmst, Eve, und damit einverstanden bist, dass wir einen Hochzeitstermin festlegen, dann wird dies mein Weihnachtsgeschenk für dich sein. Wenn nicht, dann muss ich meine Hoffnungen begraben. Ich muss aufhören, dich zu lieben. Ich will dich heiraten und Harry als meinen Sohn adoptieren und mit dir eine Familie gründen. Ich möchte, dass der Hof dir und Harry gehört und der Ort ist, an dem wir zusammen arbeiten und jedes Weihnachtsfest verbringen, so wie meine Eltern und Großeltern es getan haben.«

Eve blickte auf und starrte in die Ferne, noch immer nicht in der Lage, Tom anzusehen. Die farbigen Lichter am Weihnachtsbaum hinter dem Fenster des Nachbarhauses verschwammen, als ihr die Tränen kamen. Sie hatte ihren Daddy nie kennengelernt, denn er war im Ersten Weltkrieg gefallen, bevor Eve geboren worden war. Aber nach allem, was andere ihr über ihn erzählt hatten, war er ein gütiger, sanfter Mann wie Tom gewesen, der das Land geliebt und für seine Tiere gesorgt hatte. Eves Großmutter hatte immer gesagt, Eve hätte ihre Liebe zum Wald von ihm geerbt. Ein Zuhause und eine Zukunft mit Tom zu haben, war alles, was sie sich wünschte. Wenn doch nur …«

»Ich kann nicht länger auf dich warten, Eve. Wenn du diesen Ring annimmst, dann möchte ich wissen, wann wir heiraten. Und dieser Tag soll Monate entfernt sein, nicht Jahre.«

»Ich muss arbeiten, um meine Schulden –«

»Wenn du meine Frau wärst, würden wir zusammen arbeiten. Du könntest deine Schulden schneller zurückzahlen, wenn du keine Miete zahlen müsstest.«

»Aber ich muss Audrey auch deshalb das Geld zurückzahlen, um zu beweisen, dass es mir leidtut.«

»Sie weiß, dass es dir leidtut. Glaubst du, sie hätte dich eingeladen, mit ihr zusammen in diesem Haus zu leben, wenn sie dir nicht vergeben hätte?«

»Ich muss beweisen, dass ich mich geändert habe. Das ich versuche, ein besserer Mensch zu sein und –«

Tom legte die Hände auf ihre Schultern und drückte sie. »Ich weiß ja nicht, wen du siehst, wenn du in den Spiegel guckst, Eve, aber du musst anfangen zu sehen, was Gott sieht – eine Frau, die eine zweite Chance verdient hat.« Er zog sie näher und schlang die Arme um sie. Eves Herz schlug so heftig, dass es regelrecht schmerzte zu atmen. »Ich bin das Warten leid, Eve. Du kannst mir deine Antwort an Weihnachten geben, wenn ich zu dem Geburtstagsfest komme.« Dann ließ Tom sie los und ging zu seinem Wagen.

Eve ging ins Haus und hängte ihren Mantel auf. Dann sank sie aufs Sofa, schlug die Hände vors Gesicht und weinte.

Als Audrey nach Mitternacht heimkam, war Eve immer noch wach und saß im dämmrigen Wohnzimmer, das nur von den Lichtern am Christbaum beleuchtet wurde. Eve sah die Scheinwerfer von Alans Wagen, aber es dauerte einige Minuten, bis Audrey das Haus betrat. »Hattet ihr einen schönen Abend?«, fragte Eve, als ihre Freundin hereinkam.

»Ja. Einen sehr schönen Abend.«

Eve erinnerte sich an den verträumten Gesichtsausdruck von

Audrey, als sie sich in Robert verliebt hatte, und auch wenn sie jetzt noch nicht den gleichen Blick hatte, wirkte Audrey glücklich.

»Bist du extra so lange aufgeblieben, um mich über meine Verabredung auszufragen?«, fragte sie lächelnd.

»Nicht direkt. Natürlich bin ich neugierig, wie es gelaufen ist, aber ich muss mit dir noch über etwas anderes reden.«

Audrey zog ihren Mantel aus und streifte die Schuhe ab, bevor sie sich seufzend in einen Sessel fallen ließ. Ihr Petticoat raschelte dabei leise. Eve hörte kaum zu, als Audrey von dem Essen und dem anschließenden Tanzen erzählte und zugab, dass sie Alans Gesellschaft sehr genossen hatte. »Aber Alan und ich haben beschlossen, dass wir erst einmal gute Freunde sein wollen.«

»Habe ich das nicht gesagt, bevor du losgezogen bist?«

»Das hast du. Und Alan hat sich noch mal dafür bedankt, dass er bei unseren Weihnachtsaktivitäten mitmachen durfte. Ich habe ihm nicht gesagt, dass er das nur dir zu verdanken hat und dass ich dich dafür ausgeschimpft habe.« Sie seufzte wieder und sagte dann: »Was ist denn in der Schachtel?« Eve hielt sie immer noch in der Hand, aber der Deckel war geschlossen, als enthielte die Schachtel etwas Gefährliches. Vielleicht tat sie es ja auch.

»Tom war heute Abend hier. Er hat mir dieses Weihnachtsgeschenk gegeben.« Eve öffnete die Schachtel und hielt sie Audrey hin, damit sie den Ring sehen konnte. »Er hat mich gebeten, ihn zu heiraten.«

Ein breites Lächeln erschien auf Audreys Gesicht, als wollte sie Eve beglückwünschen. Dann erstarb ihr Lächeln wieder. »Warum steckt der Ring nicht an deinem Finger?«

Eve schloss das Kästchen. »Ich weiß nicht, ob ich seinen Antrag annehmen kann.«

»Aber du liebst ihn doch.«

»Ja, aber ich habe … Verpflichtungen.«

»Nicht mir gegenüber. Eve, bitte denke nicht, dass du mir etwas schuldest. Das tust du nicht.«

»Tom war mein bester Freund, bevor du gekommen bist. Aber er ist so ein anständiger Kerl, Audrey, und ich bin kein guter Mensch. Ich habe einen unehelichen Sohn, dessen Vater auch noch ein verheirateter Mann ist.«

»Du hast Gott doch dafür um Vergebung gebeten, weißt du noch? Und du weißt, dass er dir vergeben hat. Darum geht es doch an Weihnachten. Deshalb hat Gott Jesus schließlich gesandt. Damit uns vergeben werden kann. Und Tom kennt die Wahrheit.«

»Ja, ich weiß, dass mir vergeben wurde. Aber meine Sünde hat trotzdem Folgen. Ich habe dich bestohlen, als ich vier Jahre lang so getan habe, als wäre ich du. Ich habe in einem Haus gewohnt, das mir nicht gehörte, habe dein Geld ausgegeben und bin mit deinem Wagen herumgefahren. Ich stehe in deiner Schuld, Audrey, und habe vor, alles zurückzuzahlen.«

»Und ich habe dir schon oft gesagt, dass du mir gar nichts schuldig bist. Ich habe deine Miete und die anderen Zahlungen nur deshalb akzeptiert, weil ich hoffte, es würde dir helfen, die Vergangenheit loszulassen.«

»Vor allem aber muss ich weiter arbeiten und dir helfen, damit du deinen Traum verwirklichen kannst, Krankenschwester zu werden. Ich muss in den nächsten zwei Jahren für dich da sein, damit du zum College gehen kannst.«

»Ich bin dir sehr dankbar, Eve. Bobby und ich wären ohne deine Hilfe verloren gewesen. Aber in letzter Zeit habe ich viel nachgedacht und bin zu der Erkenntnis gekommen, dass ich mich zu sehr auf dich verlasse. Vielleicht wird es Zeit, dass ich auf eigenen Füßen stehe.«

»Ja, aber erst, wenn du die Ausbildung beendet hast, oder?«

Audrey schien sie gar nicht zu hören. »Die ganze Zeit habe ich versucht, mir selbst – und Robert – zu beweisen, dass ich seine Eltern und ihr Geld nicht brauche. Zu beweisen, dass ich eine Ausbildung machen und selbst für uns sorgen kann.«

»Das wolltest du doch immer, oder nicht?«

»Ja. Aber dabei verlasse ich mich ständig auf dich, Eve. Es war schrecklich lieb von dir, Bobby und mir beim Einleben zu helfen, aber … na ja … jetzt haben wir uns eingelebt. Wir müssen jetzt jede unser Leben selbst in die Hand nehmen. Es wird Zeit. Von jetzt an werde ich keine Miete mehr von dir nehmen.«

»Das sagst du nur, damit ich Toms Antrag annehme. Aber wie kann ich ihn heiraten, wenn ich noch nicht für alle meine Fehler gebüßt habe?«

»Du bist nicht die Einzige, die Fehler gemacht hat. Ich hätte gleich nach dem Krieg nach Amerika kommen sollen, als du hergezogen bist. Ich hätte mich nicht von meinen Ängsten beeinflussen lassen dürfen. Wenn ich mich damals anders entschieden hätte, würdest du mir gar kein Geld schulden.«

»Es war unrecht, dass ich deine Identität gestohlen habe.«

»Auch das ist ein Fehler, für den ich ebenso verantwortlich bin wie du. Ich hätte dir helfen sollen, Eve. Stattdessen habe ich mich in meiner Trauer vergraben und nicht gesehen, dass du nirgendwohin konntest und kein Geld hattest, um dich und Harry durchzubringen. Ich habe dich gehen lassen, ohne dir zu helfen. Du bist meine beste Freundin und ich habe dich im Stich gelassen.«

»So sehe ich das aber nicht.«

»Tom liebt dich und du liebst ihn. Nimm seinen Antrag an. Dann könnt ihr endlich glücklich werden und euch ein gemeinsames Leben aufbauen.«

»Aber was ist mit deiner Ausbildung?«

»Ich habe ein Boot in ein Kriegsgebiet gesteuert, weißt du noch? Und ich bin sehr wohl in der Lage, Bobby und mich durchs Leben zu lenken. Und was meine Ausbildung betrifft, hat Roberts

Vater mir angeboten, alles zu bezahlen – als Geschenk. Ich müsste nicht einmal eine Hypothek auf dieses Haus aufnehmen. Aber anstatt dieses großzügige Geschenk dankbar anzunehmen, habe ich versucht, ihm zu beweisen, dass ich allein klarkomme, ohne Hilfe von den Barretts. Aber gleichzeitig habe ich die ganze Zeit Geld und Hilfe von dir angenommen. Vielleicht wird es Zeit, meinen Stolz hinunterzuschlucken und mir von Roberts Eltern helfen zu lassen.«

»Du musst darüber schlafen, Audrey –«

»Und du musst Toms Antrag annehmen. Wenn du ihn liebst – und das tust du, das weiß ich –, dann steck diesen Ring an deinen Finger und schenk Harry zu Weihnachten einen Daddy.«

Eve würde es so gerne tun, aber sie hatte Angst. Irgendwie wurde sie das Gefühl nicht los, dass sie ihre Schulden noch nicht beglichen hatte und dass sie erst glücklich sein durfte, wenn sie das getan hatte. Wie konnte sie Tom eine solche Last aufbürden?

»Komm«, sagte Audrey. Ihr Petticoat raschelte wieder, als sie aufstand. »Gehen wir schlafen.« Sie nahm ihre Schuhe und trug sie in den Flur, während Eve die Lichterkette ausstöpselte. Als hätten sie sich stillschweigend verabredet, warfen sie beide einen letzten Blick in das Kinderzimmer der Jungen. Harry und Bobby schliefen beide neben Cooper auf dem Boden, den Hund zwischen sich. Cooper hob den Kopf und sah sie an. Eve hätte schwören können, dass er grinste.

»Ich habe ihnen gesagt, dass sie den Hund nicht mit ins Bett nehmen dürfen«, sagte Eve. Sie hob Harry hoch und drückte einen Kuss auf seine Stirn, bevor sie ihn in das obere Bett legte. Audrey verfrachtete Bobby in das untere Bett. Cooper drehte sich im Kreis und berührte einige Male den Teppich mit der Vorderpfote, bevor er sich wieder schlafen legte.

»Wir dürfen nicht nur an uns selbst denken, Eve«, sagte Audrey, als sie sich für die Nacht fertig machten. »Wir schulden unseren Söhnen ein Leben, das von den Fehlern und Kümmernissen unserer eigenen Vergangenheit frei ist.«

»Aber das versuche ich ja, indem ich meine Schulden bei dir begleiche. Wie soll ich denn sonst einen Neuanfang machen?«

Audrey antwortete nicht.

Eve warf noch einen Blick auf Toms Ring, bevor sie die Schachtel auf ihren Nachttisch stellte. Dann löschte sie das Licht und legte sich ins Bett. War es Audrey ernst damit, dass sie allein leben und sich nicht mehr von Eve helfen lassen wollte? Wie sollte sie sich um Bobby kümmern und gleichzeitig die Schulbank drücken? Eve wusste nicht, woher Audrey plötzlich den Mut genommen hatte, all diese Entscheidungen zu treffen, aber morgen früh würde sie die Dinge gewiss anders sehen. Ihr würde klar werden, wie sehr sie Eves Hilfe immer noch brauchte. Eve schloss die Augen und versuchte sich vorzustellen, sie wäre Toms Frau und würde auf dem Land in seinem Bauernhaus mit ihm leben und nachts neben ihm schlafen und hören, wie Harry Tom »Daddy« nannte. Es fiel ihr nicht schwer. Sie wünschte sich nichts sehnlicher als das. Und doch …

Eve hatte schlecht geschlafen. Sie war froh, dass Samstag war und sie nicht arbeiten musste. Nach dem Frühstück und dem Spaziergang mit Cooper beschlossen sie alle, dass es für die kleinen Weisen an der Zeit war, einkaufen zu gehen.

»Morgen ist Sonntag und am Montag ist Heiligabend, also ist dies unsere letzte Chance«, erklärte Audrey den Jungen.

»Wie viele Geschenke brauchen wir für alle, die kommen?«, wollte Harry wissen.

Bobby zählte die Namen an den Fingern ab. »Da sind Nana, Granddad, Grandma und Grandpa Van, Onkel Tom und Mr

Hamilton. Sechs Geschenke. Sie kommen doch alle, oder, Mummy?«

»Ja, sie kommen alle«, erwiderte Audrey. Und Eve musste Tom an Weihnachten ihre Antwort geben. Sie hatte also nur drei Tage Zeit, sich zu entscheiden.

Harry hielt Cooper kurz die Ohren zu und flüsterte: »Er braucht auch ein Geschenk.«

Bobby hielt noch einen Finger hoch. »Das macht sieben Geschenke.« Die Jungen schütteten das ganze Geld, das sie mit Arbeiten im Haus verdient hatten, auf dem Boden des Wohnzimmers aus und Audrey half ihnen, es zu zählen. »Haben wir genug, Mummy?«

»Das reicht ganz sicher.« Eve sah die Sammlung aus kleinen Münzen an und warf Audrey einen besorgten Blick zu. Audrey lächelte nur.

Eves Sorge wuchs, als sie in der Stadt ankamen und Audrey zuerst zum Kaufhaus ging. Die Jungen verstanden nichts von Preisen und würden bestimmt teure Geschenke aussuchen. Aber sie fanden einen Verkaufsständer mit günstigen Weihnachtsgeschenken und entschieden sich für je ein Set aus Rasierwasser und Rasierpinsel für Tom und seinen Vater und einen Lavendelbadeschaum für Grandma Van.

Eve wurde bewusst, dass sie und Harry im nächsten Jahr das Weihnachtsfest auf dem Hof feiern würden, wenn sie Toms Antrag annahm. Aber sie konnte Audrey und Bobby doch nicht allein lassen! Eve seufzte und ging mit den anderen durch die Gänge des Kaufhauses, während Bing Crosby und Perry Como im Hintergrund Weihnachtslieder sangen.

Etwas für Alan und die reichen Barretts zu finden, würde schwieriger sein. Aber Bobby erinnerte sich daran, dass Nana gerne Fotos überall aufstellte, also entschieden sie sich für einen schönen doppelten Bilderrahmen, der genau die richtige Größe für die Polaroidfotos hatte, die sie beim Weihnachtsfest von den Jungen gemacht hatten. Harry war der Meinung, Granddad würde sich über Pfeifenreiniger und eine Tasche für die Pfeifen freuen, die er so gerne rauchte. Blieben nur noch Mr Hamilton und Cooper.

»Mr Hamilton braucht eine neue Trillerpfeife«, sage Bobby, »wenn wir mit der Gruppe Spiele spielen. Seine hat er verloren.«

»Ja! Eine mit Band, die er sich um den Hals hängen kann«, nickte Harry. Bei Woolworth gab es Pfeifen und verschiedene Bänder, aus denen die Jungen ein leuchtend rotes aussuchten. »Damit er die Pfeife nicht noch mal verliert.«

Zuletzt fanden sie einen Ball für Cooper. Dann besorgten sie noch Geschenkpapier und Bänder und Klebeband.

»Und Ballons! Wir brauchen auch Ballons!«

»Und Kerzen! Wie alt wird Jesus denn, Mummy?«

Eve und Audrey lachten. »Ich bin nicht sicher, aber auf jeden Fall mehr als tausend Jahre.«

»Dann zünden wir einfach ganz viele Kerzen an«, beschloss Bobby.

Zum Schluss machten sie bei Davidsons Bäckerei halt, um eine Torte zu bestellen. Die Jungen standen vor der Vitrine und starrten die Plätzchen und Eclairs und Törtchen an, während sie die Scheibe mit ihren Fäustlingen verschmierten.

»Wir möchten bitte eine Geburtstagstorte für elf Personen bestellen«, sagte Audrey zu Mrs Davidson, einer mütterlichen alten Dame, die so aussah, wie man sich die Frau vom Weihnachtsmann vorstellte.

»Elf?«, fragte Eve. »Zählst du Cooper etwa mit?«

»Natürlich«, erwiderte Audrey lachend.

»Sie können die Torte an Heiligabend abholen«, sagte Mrs Davidson. »Zwischen zehn und zwölf Uhr.«

»Können Sie *Happy Birthday* draufschreiben?«, fragte Harry.

»Natürlich.« Die Frau lächelte ihn über den Tresen hinweg an. »Wer von euch beiden hat denn Geburtstag?«

Harry fing an zu kichern. »Die ist nicht für uns. Die ist für Jesus.« Die Bäckersfrau sah ihn verständnislos an. »Weihnachten ist doch der Geburtstag von Jesus und er braucht einen Kuchen.«

»Es muss *Happy Birthday, Jesus* draufstehen«, fügte Bobby hinzu.

»Ach so, jetzt verstehe ich!«, sagte sie lachend. »Natürlich!«

»Wir machen eine Party mit Kuchen und Eiscreme und Geschenken und allem«, erklärte Harry weiter.

Die Frau lächelte, während sie die Bestellung in ihr Buch eintrug. »Wisst ihr, in all den Jahren, die mein Mann und ich jetzt diese Bäckerei führen, hat noch niemand eine Geburtstagstorte für Jesus gekauft. Ich finde, das ist eine tolle Idee.«

Als sie wieder zu Hause waren, öffneten die Jungen ihre Einkaufstaschen und breiteten all die Geschenke, die sie gekauft hatten, auf dem Esstisch aus. Eve und Audrey zeigten ihnen, wie man Geschenke einpackt, und halfen ihnen dann dabei. »Wir legen sie bis zur Party unter den Baum«, beschloss Bobby. Anschließend zogen sie Mäntel und Gummistiefel an und gingen hinaus, um im Schnee mit Cooper zu spielen.

»Ich bin richtig stolz auf unsere Jungs, du nicht auch?«, sagte Audrey, als sie die Reste vom Einpacken der Geschenke vom Tisch räumte. »Es hat ihnen Spaß gemacht, die Sachen selbst auszusuchen. Und du hättest sehen sollen, wie sie die ganze Woche hier geschuftet haben, um das Geld dafür zu verdienen.« Sie blickte auf und sagte zu Eve: »Was ist denn? Stimmt was nicht?«

Eve war nicht bewusst gewesen, dass ihre Stimmung so offensichtlich war. Sie beschloss, Audrey die Wahrheit zu sagen. »Es sieht so leer aus unter dem Baum.«

»Natürlich. Santa Claus war doch noch nicht da.«

»Wenn dieses Wünsche-Buch ihnen nur nicht die Idee in den

Kopf gesetzt hätte, dass Santa ihnen all diese Spielsachen bringt. Ich weiß ja, dass wir ein paar Geschenke gekauft haben, aber ich fürchte, Harry wird schrecklich enttäuscht sein.«

»Aber wenn wir ihnen alles gekauft hätten, was sie haben wollen, was wäre dann im nächsten Jahr – und im Jahr danach? Dann würden die Erwartungen immer mehr wachsen.«

»Ich wünschte, sie hätten dieses alberne Wünsche-Buch nie gesehen«, seufzte Eve.

»Aber überleg doch mal, wie weit sie seit diesem ersten Tag gekommen sind. Wie die Weisen andere zu beschenken, hat sie wirklich etwas gelehrt. Es war ihnen wichtig, das Geld zu verdienen und Geschenke für die anderen auszusuchen. Vielleicht werden nicht viele Geschenke unterm Baum liegen, aber die Lektionen, die sie gelernt haben, sind unbezahlbar.«

»Und wir haben diesmal auch Geschenke bekommen«, sagte Eve nachdenklich. »Alans Freundschaft ist doch ein Geschenk für dich, oder?«

»Ja. Und du hast ein Geschenk von Tom bekommen, das man mit keinem Geld der Welt kaufen kann. Wirst du seinen Antrag annehmen?«

Die Frage ärgerte sie. »Ich weiß nicht. Hast du dich denn entschieden, dir die Krankenschwesternausbildung von Granddad Barrett schenken zu lassen?«

Audrey senkte den Blick. »I-ich weiß nicht.«

»Dann müssen wir wohl beide noch ein bisschen überlegen.«

Kapitel 12

Heiligabend

Morgen war Weihnachten. Audrey sah zu, wie Eve Pfannkuchen in der Pfanne wendete, und ging in Gedanken ihre To-do-Liste durch, was für das Fest noch vorzubereiten war. Sie hoffte, sie hatte nichts vergessen. Die Geschenke vom Weihnachtsmann waren alle eingepackt und versteckt. Die Einladungen zur Geburtstagsfeier waren verschickt worden und alle außer Mrs Herder wollten kommen. Sogar Alan Hamilton, was Audrey überrascht hatte – und gefreut. »Mal sehen …«, überlegte sie laut. »Wir haben Kerzen gekauft, die Eiscreme ist in der Gefriertruhe … und apropos Eiscreme: Ich habe die Schokoladenflecken vom Fest im Country Club aus der Sonntagskleidung der Kinder rausbekommen, aber wir müssen vor dem Weihnachtsgottesdienst heute Abend noch ihre Hemden bügeln.«

»Und wir dürfen nicht vergessen, die Torte abzuholen.«

»Genau.« Audrey wollte, dass es für Bobby ein wunderschönes Weihnachtsfest wurde, aber wie Eve gestern Abend hatte auch sie die Befürchtung, dass die Jungen enttäuscht sein würden.

»Wieso machst du dir denn jetzt schon wieder Sorgen?«, fragte Eve, als könnte sie Audreys Gedanken lesen.

»Wie kommst du denn darauf, dass ich mir Sorgen mache?«

»Du hast dann immer diesen Blick. Die steile Falte zwischen den Augenbrauen und die zusammengekniffenen Augen.«

»Meine Augen sind nicht zusammengekniffen.« Sie versetzte Eve einen spielerischen Boxhieb. »Ich frage mich nur, ob ich irgendwas vergessen habe.«

»Wenn, dann sollte es dir besser schnell einfallen. An Heiligabend machen alle Geschäfte früher zu.«

»Ich bin wirklich froh, dass du heute freihast«, sagte Audrey, »und wir den Tag zusammen verbringen können.«

»Das bin ich auch. Ruf die Jungen, die Pfannkuchen sind fertig. Ich habe eine Menge davon gemacht, deshalb hoffe ich, dass sie nicht zu aufgeregt sind, um zu essen.«

Harry war sehr aufgeregt und konnte kaum still sitzen, als sie sich um den Frühstückstisch versammelten. »Heute Nacht kommt Santa, oder, Mom?«, fragte er, den Mund voller Pfannkuchen.

»Ja. Aber mit vollem Mund spricht man nicht«, erwiderte Eve.

»Haben wir genug Plätzchen für Santa?«, wollte Bobby wissen. Audrey hatte den Brauch, für Santa und seine Rentiere Plätzchen und Karotten hinzustellen, ganz vergessen, also standen die Zutaten auch nicht auf ihrer Liste.

»Ich glaube, es sind noch ein paar übrig.« Sie stand auf und nahm gerade die Plätzchendose von der Küchenzeile, als im Flur das Telefon läutete. Mit der Dose in der Hand ging sie hinaus, um den Hörer abzunehmen.

»Ich bin es, Audrey. Hast du kurz Zeit?« Sie erkannte die ernste Stimme ihres Schwiegervaters und fing sofort an, sich Sorgen zu machen. Er rief sonst nie an.

»Ja, natürlich. Ist alles in Ordnung?«

»Uns geht es gut. Hör zu, ich weiß, dass Heiligabend ist, und du hast heute bestimmt eine Menge zu tun, aber … also, unsere Kanzlei hat einige Dokumente erhalten, die ich mit dir besprechen muss.«

Audrey wollte ihn dafür tadeln, dass er an Heiligabend arbeitete, und hätte am liebsten gefragt, ob es nicht noch zwei Tage warten konnte, aber sie traute sich nicht.

»Mein Partner hat mich gerade darüber informiert. Die Unterlagen kommen vom Anwalt deines Vaters in England.«

Audrey sank auf den Sitz des Telefontischchens, die Keksdose auf dem Schoß. Ihr *Vater?* »Wie hat sein Anwalt mich überhaupt gefunden – und deine Kanzlei?«

»Dein Onkel in London hat die Papiere weitergeleitet.« Das leuchtete ein. Audrey hatte ihrer Tante geschrieben, um ihr und ihrem Onkel zu sagen, dass sie und Bobby heil in Amerika gelandet waren.

»Was für Unterlagen sind das denn?«

»Ich glaube, es wäre einfacher, wenn du herkommst, damit ich dir alles erklären kann. Ich arbeite heute von zu Hause aus. Bestimmt möchtest du nicht bis nach Weihnachten warten.« Robert hatte immer darüber geklagt, dass sein Vater seine Arbeit oft über seine Familie gestellt hatte. Die Tatsache, dass er an Heiligabend arbeitete, erinnerte Audrey daran, warum Robert nicht in der Anwaltskanzlei seines Vaters hatte arbeiten wollen. »Bring Eve mit«, fügte Mr Barrett hinzu. »Meine Frau kann auf die beiden Jungen aufpassen.«

»Wir frühstücken zu Ende und müssen dann mit dem Hund unserer Nachbarin Gassi gehen, aber anschließend kommen wir rüber.« Sie legte auf und ging in die Küche zurück. »Na, das war ja sehr geheimnisvoll. Mr Barrett will, dass ich zu ihnen nach Hause komme. Er sagt, er hat von dem Anwalt meines Vaters in London Dokumente erhalten.«

»Sind es gute oder schlechte Nachrichten?«, wollte Eve wissen.

»Das hat er nicht gesagt. Aber er will, dass du mitkommst.«

»*Ich?* Wozu denn das?«

»Keine Ahnung. Vielleicht ist es etwas so Schreckliches, dass er fürchtet, ich könnte einen Nervenzusammenbruch haben und dich als Unterstützung brauchen.«

Eve schüttelte den Kopf. »Audrey, die Schwarzseherin.«

»Du musst zugeben, dass es ziemlich mysteriös klingt – wichtige Unterlagen an Heiligabend.«

Bobby zog an ihrer Schürze. »Haben wir genug Plätzchen, Mummy?«

»Wie bitte?«

»Für Santa. Er kommt doch heute Nacht und hat bestimmt Hunger.«

Audrey wurde bewusst, dass sie die Dose immer noch im Arm hielt. Sie nahm den Deckel ab und sah hinein. »Das müsste reichen, wenn ihr Jungs nicht drangeht.« Sie warf Eve einen Blick zu. »Was das wohl für Dokumente sind?«

Als sie beim Haus der Barretts ankamen, liefen die Jungen sofort zu Nana und Mr Barrett führte Audrey und Eve in sein mit Mahagoniholz verkleidetes Arbeitszimmer. Er setzte sich an seinen riesigen Schreibtisch und bedeutete ihnen, sie sollten auf den zwei Stühlen davor Platz nehmen. Die Förmlichkeit der Geste beunruhigte Audrey nur noch mehr. »Erst einmal möchte ich dir mein Beileid aussprechen zum Verlust deines Vaters.«

Seine Worte verschlugen ihr den Atem. »Was? Er ist *gestorben?*« Sie hatte sich eingeredet, dass Alfred Clarkson ihr egal war, seit er so grausam zu ihr gewesen war und ihr geliebtes Zuhause, Wellingford Hall, verkauft hatte, sodass sie und Bobby praktisch mittellos gewesen waren. Aber die Trauer um ihn, die sie plötzlich überfiel und ihr den Atem raubte, zeigte ihr, dass sie sich getäuscht hatte. Der Mann, den sie all die Jahre für ihren Vater gehalten hatte, war ihr doch nicht gleichgültig. »I-ich wusste nicht, dass er tot ist.«

»Oh, das tut mir sehr leid, Audrey. Ich war sicher, dass du davon gehört hast. Sonst wäre ich nicht so mit der Tür ins Haus gefallen.«

»Wir hatten überhaupt keinen Kontakt. Kurz bevor ich England verlassen habe, hat er unser Haus verkauft und mich enterbt.«

»Er hat dich enterbt?«

»Das ist mir sehr unangenehm, aber … als Alfred Clarkson mir sagte, er sei nicht mein leiblicher Vater, hat er mir unmissverständlich zu verstehen gegeben, dass ich keinerlei Anrecht auf sein Haus oder sein Geld habe.«

»Ich verstehe. Also, diesen Unterlagen zufolge haben seine Anwälte in Großbritannien sein Testament vollstreckt, um seinen Nachlass zu regeln, und wie es aussieht, hat er dir doch etwas vermacht.«

»Vermacht?«

»Ja, ein Geschenk.«

Audrey beugte sich auf ihrem Stuhl vor. Sie konnte sich nicht vorstellen, dass er ihr etwas geschenkt haben sollte.

»Mr Clarkson hat ausdrücklich verfügt, dass es sich um ein Geschenk handelt. Es handelt sich um einen recht hohen Geldbetrag. Ich habe anhand des Tageskurses errechnet, um welche Summe es geht.« Er schob ein Blatt Papier über den Schreibtisch. Audrey starrte es ungläubig an.

»Das … das sind mehr als hunderttausend Dollar!«

Eve warf ebenfalls einen Blick auf den Zettel und stieß einen leisen Pfiff aus. »Habe ich nicht immer gesagt, dass er reicher ist als König George?«

Audrey versuchte, etwas zu sagen, brachte aber kein Wort heraus.

»Das ist noch nicht alles«, fuhr Mr Barrett fort und reichte ihr ein zweites Blatt Papier. »Dies ist die Kopie einer Besitzurkunde zu einem Stadthaus in London, das jetzt dir gehört.«

»Das muss ein Irrtum sein.« Audrey schüttelte den Kopf, als könnte sie damit ihre Verwirrung abschütteln. »Das Stadthaus wurde im Krieg zerstört.«

»Nach diesen Unterlagen hat Mr Clarkson es wiederaufbauen lassen. Und da die ursprüngliche Urkunde zu der Immobilie auf den Namen deiner Mutter ausgestellt war, meinte er, dass du die rechtmäßige Besitzerin sein solltest. Die Anwälte wollen wissen, was du damit machen willst.«

Audrey lehnte sich auf ihrem Stuhl zurück und legte eine Hand auf ihre Stirn, während der Raum sich zu drehen schien. Das musste ein Traum sein. Nichts von alldem konnte wahr sein.

»Ist alles in Ordnung?«, fragte Eve. »Du siehst etwas blass aus.«

»Ich fühle mich auch so! Das ist ein furchtbarer Schock! Warum … warum konnte er mir all das nicht vor anderthalb Jahren sagen? Bevor ich mein Leben auf den Kopf gestellt habe und nach Amerika ausgewandert bin?«

»Wie es scheint, hat dein Vater – ich meine Mr Clarkson – erst vor Kurzem beschlossen, sein Testament zu ändern, kurz vor seinem Tod. Fast sein ganzer Besitz geht an verschiedene Wohltätigkeitsorganisationen, aber dieses Geschenk hat er explizit für dich und deinen Sohn bestimmt. Und diesen Brief hat er dazu geschrieben.«

Audrey kamen die Tränen, als sie den versiegelten Umschlag von Mr Barrett entgegennahm und aufriss. Ihr Vater schien sich nie etwas aus ihr gemacht zu haben – jedenfalls hatte er ihr nie gezeigt, dass er sie liebte. Aber dass er jetzt an sie gedacht hatte … kurz vor seinem Tod? Vielleicht war sie ihm ja doch nicht egal gewesen. Sie zog den Brief aus dem Umschlag.

Liebe Audrey,
ich liege im Sterben und bereue viel, vor allem die Art, wie ich dich und deinen Sohn behandelt habe. Ich habe mich von

Bitterkeit und Trauer vergiften lassen, nachdem Alfie und deine Mutter tot waren, und du hattest es nicht verdient, so schändlich behandelt zu werden. Jetzt, wo ich mich darauf vorbereite, meinem Schöpfer zu begegnen, bete ich, dass du es übers Herz bringen kannst, mir zu vergeben. Du warst mir immer eine liebe und treue Tochter trotz meines Versagens als Vater.
Das Geschenk, das ich in meinem Testament für dich verfügt habe, ist kein Versuch, Vergebung zu erkaufen, sondern ich will damit zeigen, dass du meine Tochter bist, mein Eigen durch die Familie, die wir beide geliebt und geteilt haben. Es tut mir leid, dass mein Sinneswandel nun zu spät kommt, um uns zu versöhnen, aber ich wünsche dir und deinem Sohn ein glückliches Leben, umgeben von Menschen, die Ihr liebt.

Herzlich
dein Vater Alfred Clarkson

Als sie zu Ende gelesen hatte, faltete Audrey den Brief wieder zusammen und schob ihn in den Umschlag zurück.

»Was steht drin?«, fragte Eve.

»Er …« Sie räusperte sich, weil sie einen Kloß im Hals hatte. »Er hat mich um Vergebung gebeten. Er hat mich seine … seine Tochter genannt.«

»Oh, Audrey«, flüsterte Eve. »Ich freue mich so für dich. All die Jahre dachtest du –«

»Ich weiß. Ich dachte, Bobby und ich wären ihm gleichgültig. Aber vielleicht waren wir das doch nicht.« Stumm sah sie zu ihrem Schwiegervater auf, weil sie nicht wusste, was sie sagen sollte.

»Es wird eine Weile dauern, bis Mr Clarksons Anwälte alle seine Firmen und Aktien und anderen Besitztümer verkauft haben, um den Nachlass zu regeln«, sagte Mr Barrett. »In der Zwischenzeit müssen sie wissen, ob sie das Geld hierher oder an ein Konto in London überweisen sollen. Das Stadthaus steht dir jederzeit zur Verfügung, wenn du dort hinziehen willst, und dein Geschenk kann in Form einer jährlichen Auszahlung gestaltet werden, sodass du ein festes Einkommen hast. Obwohl ich natürlich hoffe, dass du weiterhin das Gefühl hast, hier bei uns zu Hause zu sein.«

»Du bist reich, Audrey!« Eve packte ihre Hand und drückte sie. »Wenn du willst, kannst du nach London ziehen.«

Audrey konnte nur den Kopf schütteln und murmeln: »Ich … ich fasse es nicht.«

»Du wirst in Mr Clarksons Testament auch erwähnt, Eve.«

»Ich?« Sie lachte. »Das kann nicht sein. Bist du sicher?«

»Im Testament ist auch ein Geschenk für die Erben von Mrs Clarksons langjähriger Zofe, Mrs Ellen Dawson, verfügt – für ihre Treue zu Mrs Clarkson in der Nacht, als sie starb.«

»Wie bitte?« Eve umklammerte Audreys Arm.

»Ich gehe doch recht in der Annahme, dass Ellen Dawson deine Mutter war?«

Eve nickte. Sie wirkte so fassungslos, wie Audrey sich fühlte. »Unsere Mütter sind zusammen umgekommen, als eine Bombe das Londoner Stadthaus getroffen hat«, erklärte Audrey.

»Dein Geschenk, Eve, sind nach dem heutigen Wechselkurs mehr als zwölftausend Dollar.«

Eve schlang die Arme um Audrey und drückte sie. »Ich kann meine Schulden bezahlen, Audrey!«, weinte sie. »Ich kann dir das Geld, das ich ausgegeben habe, zurückgeben.«

Audrey lachte und weinte gleichzeitig, während sie Eves Arme wegzog. »Sieh dir das an, Eve!«, sagte sie und drückte ihrer Freundin ihr eigenes Blatt Papier in die Hand. »Ich brauche nicht noch mehr Geld. Ich habe doch immer gesagt, dass du es mir nicht zurückzahlen musst, aber du warst so stur.«

»Aber es war unrecht, dass ich deinen Namen gestohlen und mich für dich ausgegeben habe. Deine Familie ist reich und adelig und ich bin nur ein Waschmädchen. Ich bin ein Niemand –«

»Sag so was nicht!«, schalt Audrey sie. »Meinst du, Gott sieht unseren Wohlstand und unser Ansehen in der Gesellschaft an, um zu entscheiden, wer seiner Liebe würdig ist? In seinen Augen ist jeder Mensch kostbar. Und jede Arbeit, die wir in seinem Namen tun, ist wertvoll. Ich glaube, das wollte mein Vater sagen, als er der Familie deiner Mutter dieses Geschenk gemacht hat. Ellen hat selbstlos und von ganzem Herzen meiner Mutter gedient.« Audrey wandte sich wieder an ihren Schwiegervater. Er lächelte, was er nur selten tat, so als freue er sich, ihnen so wunderbare Weihnachtsbotschaften überbracht zu haben. »Ich kann das alles gar nicht fassen«, sagte Audrey. »Ich glaube, das können wir beide nicht.«

»Du musst heute keine Entscheidungen fällen. Ich wollte nur, dass ihr von diesen Weihnachtsüberraschungen wisst. Ich dachte, es macht euch Freude an den Feiertagen.«

Audrey verließ sein Arbeitszimmer Arm in Arm mit Eve. »Du kannst nach Hause zurück, Audrey. Nach London«, sagte Eve noch einmal. »Du hast dort ein Haus und ein Einkommen.«

»Du könntest mitkommen. Das Stadthaus ist doppelt so groß wie unser Bungalow. Da können wir wunderbar zusammen wohnen.« Nach Hause. Sie und Eve und Bobby und Harry konnten nach England zurückkehren.

Eve schüttelte immer noch den Kopf. »Ich kann nicht fassen, dass dein Vater mir dieses … dieses Geschenk gemacht hat. Das habe ich doch gar nicht verdient.«

»Ich habe auch nichts getan, um mein Geschenk zu verdienen. Es ist … einfach erstaunlich.« Sie hielten sich noch immer aneinander fest, als sie das Wohnzimmer betraten. Die Jungen saßen auf dem Boden beim Weihnachtsbaum und spielten mit der elektrischen Eisenbahn, während Nana ihnen zusah. Die beiden blickten kaum auf, als ihre Mütter hereinkamen.

»Ich wechsle mich mit dir ab«, verkündete Harry.

»Ich auch«, kam das Echo von Bobby.

»Würde es dir etwas ausmachen, noch eine Stunde auf die Jungs aufzupassen?«, fragte Eve Mrs Barrett. »Audrey und ich müssen schnell etwas erledigen.«

Audrey hatte keine Ahnung, wovon Eve sprach. Sie wollte gerade protestieren, aber Nana sagte: »Das mache ich gerne. Lasst euch Zeit.«

Eve zog Audrey zur Tür und holte ihre Mäntel aus dem Garderobenschrank.

»Holen wir den Kuchen?«, fragte Audrey. »Ich glaube, dabei würden die Jungen gerne mitkommen.«

»Den können wir später holen.«

»Was hast du denn dann vor? Wohin gehen wir? Noch mehr Überraschungen verkrafte ich heute nicht.«

»Das wirst du schon sehen«, erwiderte Eve. Sie zog Audrey zu ihrem Auto.

»Aber egal, wohin wir fahren, du setzt dich besser ans Steuer«, sagte Audrey und ging zur Beifahrerseite. »Ich bin nicht sicher, ob ich in der Lage wäre, Auto zu fahren. Ich stehe immer noch unter Schock.«

»Ich weiß, wie du dich fühlst.« Eve ließ den Motor an und fuhr die wenigen Kilometer vom eleganten Viertel der Barretts zum Zentrum des Ortes. In der Stadt herrschte geschäftiges Treiben an diesem Heiligabend und sie brauchten mehrere Minuten, um einen Parkplatz zu finden.

»Sag mir, was wir hier machen, Eve«, verlangte Audrey, als sie ausstiegen. Sie hatte Angst, dass es etwas mit Alan zu tun haben könnte, da Eve ihn immer wieder in ihr Leben zerrte.

»Wir werden diese Aluminiumflugzeuge kaufen, die Harry und Bobby sich so sehr wünschen.«

»Ist das dein Ernst?« Audrey blieb stehen und hielt Eve mitten auf dem Gehweg zurück, sodass die anderen Fußgänger ihnen ausweichen mussten. »Ich dachte, wir hätten beschlossen, ihre Habgier nicht zu unterstützen, indem wir so viel Spielzeug kaufen.«

»Es ist Weihnachten, Audrey!« Eve sah so glücklich aus, dass es Audrey nicht gewundert hätte, wenn sie wie ein Heliumballon davongeschwebt wäre.

»Das weiß ich, aber –«

»Harry und Bobby lieben dieses Flugzeug. Und jetzt können wir es uns beide leisten!«

»Ja, ich weiß, aber trotzdem –«

»Hör zu: Wenn Robert hier wäre, meinst du nicht, er würde dieses tolle neue Flugzeug für Bobby kaufen? Vielleicht sogar ein Dutzend Flugzeuge!«

Audrey kamen die Tränen, als sie sich vorstellte, wie Robert durch die Spielzeugabteilung gelaufen wäre und sich gefreut hätte, Geschenke für ihren Sohn auszusuchen. Es wäre ihm ein Vergnügen gewesen. Audreys Vater hatte gerade seine Liebe zu ihr demonstriert, indem er ihr ein kostbares Geschenk gemacht hatte. Und es erinnerte Audrey daran, dass ihr himmlischer Vater seine kostbare Liebe gezeigt hatte, indem er Jesus an Weihnachten in die Welt gesandt hatte.

»Du hast recht«, sagte sie und fuhr sich mit der Hand über die Augen. »Robert hätte ihm jedes Spielzeug in dem Wünsche-Buch gekauft. Und außerdem gebe ich jetzt nicht mehr Bobbys Treuhandvermögen aus. Dies ist mein eigenes Geld.«

»Ich weiß! Zum ersten Mal im Leben habe ich eigenes Geld. Ich kann es verprassen, wenn ich will. Es fühlt sich an, als wäre eine riesige Last von meinen Schultern gefallen, Audrey.«

Sie eilten zu dem Laden und kauften zwei Aluminiumflugzeuge, die sie von dem Angestellten als Geschenk verpacken ließen. Als sie anschließend das Geschäft verließen, konnte Audrey sich nicht erinnern, beim Geldausgeben jemals so viel Spaß gehabt zu haben.

Kapitel 13

Am Abend war die Kirche zum Weihnachtsgottesdienst bei Kerzenschein bis auf den letzten Platz belegt. Eve zwängte sich neben Audrey und ihren beiden Jungen in die Bank, um wieder einmal die Geschichte von der Geburt Jesu zu hören und die alten, vertrauten Lieder zu singen. Der Duft frischer Kiefernzweige zog durch den Raum und weckte in Eve die Sehnsucht nach dem Wald. Seit sie an diesem Morgen von dem Geschenk erfahren hatte, das Mr Clarkson in seinem Testament für sie verfügt hatte, war der Tag wie im Flug vergangen. Sie wusste nicht mehr, was sie gemacht hatte, nachdem sie die Jungen bei den Barretts eingesammelt und in der Bäckerei die Geburtstagstorte abgeholt und noch mehr Plätzchen gekauft hatten. Die ganze Zeit hatte Eve an dieses Geschenk denken müssen, das ihr Leben für immer verändern würde. Es war unerwartet, unverdient, unfassbar. Als der Pastor mit seiner Weihnachtspredigt begann, versuchte Eve noch immer, das alles zu begreifen.

»An diesem Abend möchte ich, dass wir die drei Weisen begleiten, die aus dem Osten kamen, um Jesus ihre Geschenke zu bringen.«

Harry hatte neben Eve herumgezappelt, aber bei den Worten des Pastors erstarrte er. »Mom! Die drei Weisen!« Eve nickte und legte einen Finger auf ihre Lippen.

»›*Da sie den Stern sahen, wurden sie hocherfreut und gingen in das Haus und sahen das Kindlein mit Maria, seiner Mutter, und fielen nieder und beteten es an und taten ihre Schätze auf und schenkten ihm Gold, Weihrauch und Myrrhe.*‹ Das waren Geschenke, die eines Königs in einem Palast würdig gewesen wären, keine Geschenke für ein armes Baby in einem Stall. Sie brachten Jesus Gold – Gold für den Einen, der das Universum und seine unzähligen Sterne geschaffen hat. Gold für den Einen, der gesagt hat: ›*Der Erdkreis ist mein und alles, was darauf ist; alles Wild im Walde ist mein und die Tiere auf den Bergen zu Tausenden.*‹ Wie dumm wir doch sind, wenn wir glauben, wir könnten Gott irgendetwas zurückgeben. Alles Geld und Gold der Welt kann keine Vergebung erwirken.«

Doch genau das hatte sie versucht, wurde Eve mit einem Mal klar. Sie hatte sich abgemüht, um ihre Schulden bei Audrey zu begleichen, um all die falschen Entscheidungen und Fehler wiedergutzumachen, die sie gemacht hatte. *Wie dumm*. Die Worte schienen nur ihr zu gelten.

»Wir alle tragen eine Schuld, die wir niemals zurückzahlen können. Aber Gott ist vom Himmel zu uns herabgekommen, um diese Schuld an unserer Stelle zu begleichen, indem er uns Jesus zum Geschenk gemacht hat. Er gewährt uns seine Vergebung als Geschenk, um uns den ›*überschwänglichen Reichtum seiner Gnade*‹ zu zeigen, und zwar als Gottes Gabe, ›*nicht aus Werken, damit sich nicht jemand rühme*‹. Gott ist es eine Freude, uns so zu beschenken, so wie es uns Freude bereitet, wenn wir unsere Kinder beschenken.«

Das Wort *beschenken* hallte in Eves Herzen wider. Es hatte ihr unheimlich viel Freude bereitet, das Flugzeug für Harry zu kaufen. Und Audreys Vater war es zu verdanken, dass sie erkannt hatte, was ein wahres Geschenk ist – etwas, was sie nicht verdient hatte und was sie nur dem Reichtum und der Großzügigkeit des Schenkenden zu verdanken hatte. Sie konnte dem Heiland, der ihr bedingungslos vergeben hatte, nichts zurückzahlen.

»Die drei Weisen brachten Jesus Weihrauch und Myrrhe«, fuhr der Pastor fort, »also teure Geschenke, die damals benutzt wurden, um zu heilen, um Schmerzen zu lindern und die Toten für das Begräbnis zu salben. Sie schenkten diese Dinge dem Einen, der unsere Krankheit getragen und unsere Schmerzen auf sich geladen hat; dem Einen, der *›um unsrer Missetat willen verwundet und um unsrer Sünde willen zerschlagen‹* wurde, *›und durch seine Wunden sind wir geheilt.‹* Das wurde der größte Gabentausch der Geschichte – wir bringen Christus unseren Kummer und unser Leid. Wir bringen unsere Sünde und Schande und legen sie ihm zu Füßen ab. Und im Gegenzug schenkt er uns Trost und Vergebung und ewiges Leben bei unserem himmlischen Vater.«

Eve neigte den Kopf, während ihre Tränen flossen. Sie hatte Gott um Vergebung gebeten und wusste, dass er ihr vergeben hatte. Warum hatte sie dann versucht, eine Schuld zu begleichen, die bereits bezahlt war? Alle hatten ihr vergeben – Audrey, die Barretts, Tom und seine Eltern. Aber sie hatte sich geweigert, sich selbst zu vergeben.

»Jesus erhielt bei seiner Geburt Myrrhe und noch einmal nach seinem Tod am Kreuz. Schon als Christus als unschuldiges Kind in seiner Krippe in einem Stall lag, war sein Tod am Kreuz für dich und mich von Gott beschlossen, seit der Schöpfung der Welt. Wie die Weisen, die seine Ankunft bezeugten und sich anbetend vor ihm verneigten, sind wir lebendige Zeugnisse seiner Gnade und zeigen der Welt Gottes rettende Macht. Das bewirkt Gottes Geschenk an Weihnachten. Die Last unserer Schuld und Sünde ist von unseren Schultern genommen worden. Und was verlangt Gott als Gegenleistung von uns? *›Nichts als Gottes Wort halten und Liebe üben und demütig sein vor deinem Gott.‹*«

Eve zog ein Taschentuch aus ihrer Tasche, um ihre Tränen zu trocknen, während sie sich daran erinnerte, wie Tom zu ihr gesagt hatte, sie hätte eine zweite Chance verdient. Eve hatte gefühlt, wie die Last ihrer Schuld gegenüber Audrey von ihren Schultern abgefallen war, als sie von Mr Clarksons Geschenk erfahren hatte. Und jetzt wurde sie an eine noch größere Schuld erinnert, die von ihr genommen worden war. Ihre Kehle war von Freudentränen wie zugeschnürt und sie war so bewegt, dass sie das Schlusslied *Stille Nacht* nicht mitsingen konnte. Audrey sah auch so als, als wäre sie zutiefst berührt. Als der Gottesdienst leise und feierlich ausklang, umarmten sie einander ohne Worte.

Auf dem Heimweg und anschließend, als sie Harry und Bobby in ihre Schlafanzüge halfen, war Eve immer noch ganz benommen. Audrey machte heißen Kakao und dann gingen sie mit ihren Bechern und einem Teller Plätzchen ins Wohnzimmer, um neben dem Christbaum ein wenig zu feiern. Und während Eve sich an der aufgeregten Vorfreude ihres Sohnes erfreute, wusste sie, dass die tiefe und zärtliche Liebe, die sie für ihren Sohn empfand, nur ein Bruchteil dessen war, was ihr himmlischer Vater ihr entgegenbrachte.

Die Jungen stellten einen Teller mit Plätzchen für Santa Claus auf und legten einige Möhren für die Rentiere dazu. Audrey las ihnen eine Geschichte vor, um sie vor dem Schlafengehen in eine etwas ruhigere Stimmung zu versetzen, aber Harry zappelte und kicherte immer noch, als sie zu Ende gelesen hatte.

»Ich bin so aufgeregt!«, sagte er.

»Ich auch! Ich auch!«, rief Bobby.

»Weil der Weihnachtsmann heute Nacht kommt?«, fragte Eve.

»Ja, und weil wir morgen Geburtstag feiern! Wenn ihr erst mal seht, was wir –«

»Nicht verraten!«, rief Bobby so laut, dass Cooper bellte.

Alle lachten, als Harry sich die Hand vor den Mund schlug. Audrey hatte Eve von der Wette zwischen Tom und Alan erzählt, welcher der beiden Jungen zuerst ihr Geheimnis verraten würde. Eve hatte sofort auf Harry getippt und jetzt hatte er sich zum zweiten Mal beinahe verplappert, bevor Bobby ihn aufgehalten hatte. Die Jungen hängten ihre Strümpfe an die Bettpfosten und dann wünschten sich alle mit Umarmungen und Küssen eine gute Nacht. Audrey erlaubte Cooper, noch eine Weile im Kinderzimmer zu bleiben.

Anschließend gingen Eve und Audrey zusammen ins Wohnzimmer, aber keine von beiden war in der Stimmung, den Fernseher einzuschalten. Stattdessen legte Audrey eine Schallplatte mit Weihnachtsmusik auf und dämpfte die Lautstärke.

»Ich glaube, die Predigt war nur für mich gedacht«, sagte Eve.

»Nein, für mich auch. Mir ist bewusst geworden, dass ich mich an meine Trauer um Robert geklammert habe, anstatt sie Gott zu übergeben und sie von ihm heilen zu lassen. Selbst Roberts Mutter muss das getan haben, sonst hätte sie mir und Alan nicht ihren Segen geben können.«

»Du wirst Robert oder seinem Gedächtnis nicht untreu, wenn du glücklich bist. Und wenn du wieder einen Mann liebst.«

»Das sehe ich jetzt auch. Mrs Herder hat gesagt, dass sie ihrer Trauer um ihren Sohn einen Altar gebaut hat durch den goldenen Stern, der so lange in ihrem Fenster hing, und dasselbe habe ich auch gemacht. Jetzt muss ich aufhören, in meinem Leben das zu tun, von dem ich glaube, dass Robert es getan hätte, und stattdessen das Leben führen, das Gott mir schenkt.«

Eve lächelte. »Und wie es aussieht, besteht Gott darauf, dass du reich bist.«

»Stimmt«, erwiderte Audrey lachend. »So sieht es wirklich aus.«

»Robert ist mit Reichtum aufgewachsen und hat trotzdem kluge Entscheidungen getroffen. Und du auch. Du hättest so leben können wie Alfie. Es macht dich nicht zu einem schlechten Menschen, Geld zu besitzen.«

»Es ist so, wie der Pastor es in seiner Predigt gesagt hat: Gott verlangt von uns nur, seinem Wort zu folgen, Liebe zu üben und demütig vor ihm zu sein. Anstatt zu versuchen, jeder Form von Reichtum aus dem Weg zu gehen, sollte ich Gott wahrscheinlich darum bitten, mir zu helfen, damit ich mein Geld weise verwalte – zum Beispiel, indem ich einer jungen Frau, die selbst nicht genug Geld für die Studiengebühren hat, die Ausbildung zur Krankenschwester ermögliche.«

»Und ich glaube, ich kenne einen jungen Bankangestellten, der dir bestimmt gerne hilft, dein Geld gut anzulegen.«

»Ja … Alan …«, seufzte Audrey. »Danke, dass du ihn in unser Leben geholt hast, Eve. Ich bin gerne mit ihm zusammen.«

Plötzlich kam der Hund aus dem Kinderzimmer und bellte kurz. Sekunden später klingelte es an der Tür. Eve versuchte, Cooper zu beruhigen, bevor er wieder bellte. »Sch! Still, Cooper. Sonst weckst du die Jungs auf.« Audrey hielt ihn am Halsband fest, während Eve ging, um die Tür zu öffnen. Eine Frau, die Eve nicht kannte, stand vor der Tür mit zwei großen in Geschenkpapier verpackten Päckchen. »Hallo. Das hier muss das richtige Haus sein, weil ich Cooper erkenne. Sind Sie Eve oder Audrey?«

»Ich bin Eve Dawson.«

»Ich heiße Clara Jackson und bin eine Freundin von Mrs Herder. Sie hat für Ihre beiden Jungen diese Spielsachen aus dem Sears-Katalog bestellt und mich gebeten, sie Ihnen an Heiligabend zu bringen. Sie sollen den beiden sagen, die Geschenke seien von Santa Claus.«

»Ach du liebe Güte! Danke.« Eve nahm ihr eines der Pakete ab und Audrey ließ Coopers Halsband los, um das andere in Empfang zu nehmen.

Mrs Jackson senkte die Stimme und sagte: »Das sind Feuerwehrautos mit Leitern, die man rauf- und runterfahren kann. Ich habe mal reingeschaut, bevor ich die Sachen eingepackt habe.« Eve dankte der Frau, die ihre Einladung zu Tee und Plätzchen höflich ablehnte, und schloss die Tür wieder.

»Die liebe Mrs Herder«, murmelte Audrey. »Wir müssen eine Karte schreiben und uns bei ihr bedanken.«

»Ich glaube, das hier ist ihre Dankeschönkarte an uns.«

»Da hast du wohl recht.« Sie legten die neuen Geschenke unter den Weihnachtsbaum, dann schlich Eve auf Zehenspitzen ins Kinderzimmer, um nach den Jungen zu sehen. Sie schliefen.

»Ich glaube, es wird Zeit für Santa, uns einen Besuch abzustatten«, sagte sie zu Audrey, als sie zurückkam. Sie holten die ersten Geschenke, die sie gekauft hatten, aus ihrem Versteck im Schlafzimmerschrank und legten sie unter den Baum. Die Flugzeuge, die Audrey und sie an diesem Nachmittag besorgt hatten, waren noch im Kofferraum von Audreys Wagen. Gerade wollten Eve und Audrey ihre Mäntel anziehen und die Geschenke hereinholen, als Cooper erneut bellte. Dann läutete es wieder an der Tür.

»Sch!«, machte Audrey und schnappte sich wieder Coopers Halsband. Eve öffnete die Tür und staunte nicht schlecht, als sie ihren Vorgesetzten von der Arbeit dort stehen sah, in der Hand ein Weihnachtsgeschenk.

»Ach, hallo, Mr Carpenter! Bitte kommen Sie doch herein.«

»Nein danke. Ich muss noch ein paar Dinge erledigen. Dieses Geschenk ist für Sie, Eve. Ich hatte keine Gelegenheit, es Ihnen zu geben, bevor das Büro für die Feiertage geschlossen wurde, aber ich wollte mich für all Ihre fleißige Arbeit bedanken. Sie sind immer so fröhlich und zuverlässig und gewissenhaft. Und ich danke Ihnen nicht oft genug für Ihre hervorragende Arbeit.«

»Danke sehr«, brachte Eve mit Mühe heraus. Ihren Boss zu sehen, erinnerte Eve daran, dass sie die ganze Zeit gearbeitet hatte, um eine Schuld zu bezahlen, die bereits beglichen war.

»Die anderen Stenotypistinnen haben mir erzählt, dass Sie Ihren Sohn allein großziehen«, fuhr Mr Carpenter fort. »Deshalb wollte ich Ihnen sagen, wie sehr ich Sie dafür bewundere.«

»Danke … das ist sehr freundlich von Ihnen …«

»Bitte nehmen Sie das Geschenk als Zeichen meiner Dankbarkeit im Geiste der Weihnacht an. Frohe Weihnachten, Eve.«

Eve schloss die Tür und lehnte sich dagegen, das Geschenk noch immer in der Hand. »Ich glaube nicht, dass ich heute noch mehr Überraschungsgeschenke verkrafte«, sagte sie. Audrey lachte und nahm ihr das Päckchen ab. Als sie es unter den Baum legte, schüttelte sie es ein wenig, als wollte sie erraten, was sich darin befand. »Ich kann nicht fassen, dass mein Boss mir ein Geschenk gebracht hat«, sagte Eve.

»Er hat sich für die Arbeit, die du so treu verrichtest, erkenntlich gezeigt, so wie mein Vater sich mit einem großzügigen Geschenk für die Treue deiner Mutter erkenntlich gezeigt hat. Und hast du gehört, was er über dich gesagt hat, Eve? Du bist immer so selbstkritisch wegen der Fehler in deiner Vergangenheit, aber niemand sonst hält dich für einen schrecklichen Menschen. Wir alle sehen die wundervolle, fleißige Frau, die wir lieben.«

Tom hatte versucht, ihr dasselbe zu sagen. Vielleicht war es an der Zeit, dass sie aufhörte, sich selbst zu bestrafen, und die Vergebung annahm, die ihr von Gott und Menschen entgegengebracht wurde. Eve holte tief Luft und stieß einen Seufzer aus. »Okay. Und jetzt lass uns die Geschenke aus dem Wagen holen.« Sie schlüpften in ihre Mäntel und Stiefel und legten Cooper an die Leine, um ihn mit hinauszunehmen. Anschließend starrte Eve auf den wachsenden Geschenkeberg unter dem Baum, während sie selbst wieder aufs Sofa sank. »Harry hatte recht, als er vorschlug, die unteren Äste des Baumes abzusägen, um mehr Platz für Geschenke zu haben.« Sie nahm eines der Plätzchen, das die Jungen für Santa hingestellt hatten, und biss hinein. »Wir haben immer noch nicht über die Geschenke deines Vaters gesprochen.«

»Ich kann es einfach nicht fassen, Eve. Das Stadthaus … und genug Geld, um davon zu leben? Es kommt mir ganz unwirklich vor.«

»Wirst du nach London zurückgehen?«

Audrey nahm sich ebenfalls einen Keks und hielt ihn einen Moment lang in der Hand. »Ich überlege schon den ganzen Nachmittag und vorhin in der Kirche habe ich auch wieder daran gedacht und versucht, mich zu entscheiden. Vor einem Jahr wäre ich wahrscheinlich nach London zurückgegangen. Aber jetzt bin ich hier zu Hause. Bobby ist hier zu Hause. Alle unsere Freunde sind hier. Und unsere Familie. Wir sind doch eine Familie geworden, oder, Eve? Du und ich und Nana und Granddad Barrett und Tom und Grandma und Grandpa Van …«

»Und vergiss nicht Mrs Herder und Cooper. Und unseren neuen Freund Alan.«

Cooper hatte zu Eves Füßen gelegen und geschlafen, aber jetzt hob er plötzlich den Kopf und bellte. Sekunden später klingelte es. »Nicht schon wieder!«, sagte Eve lachend. »Diesmal halte ich Cooper fest und du machst auf.«

Audrey öffnete die Tür und sagte: »Alan!«

»Frohe Weihnachten, Audrey.« Er hatte zwei Päckchen auf dem Arm.

»Komm rein, komm rein! Frohe Weihnachten. Aber du bist etwas zu früh für die Party.«

Alan lachte. »Ich weiß. Hier, die sind für Harry und Bobby. Mir hat die Idee gefallen, wie die drei Weisen Dinge zu verschenken, deshalb habe ich beschlossen, für jeden Jungen in meiner Gruppe ein Geschenk zu kaufen. Es sind nur ein paar Dinge, die sie brauchen werden, wenn sie nächstes Jahr mit ins Zeltlager fahren – eine Taschenlampe, Essgeschirr, Kompass und so weiter. Und ein Taschenmesser ist auch noch drin. Es ist nicht scharf und ich hoffe, ihr habt nichts dagegen.«

»Nicht, wenn du ihnen beibringst, wie man richtig damit umgeht.«

»Das mache ich. Aber bitte sag ihnen, dass die Geschenke von Santa sind, nicht von mir.«

»Das ist sehr lieb von dir, Alan. Darf ich dir einen Tee oder Kaffee anbieten? Wir haben Plätzchen.«

»Nein danke. Ich muss noch mehr Geschenke abliefern.«

»Sieh mal nach oben, Alan«, rief Eve von der anderen Seite des Zimmers herüber.

Er gehorchte. »Ist das ein Mistelzweig?«, fragte er grinsend.

»In der Tat. Den habe ich selbst dort aufgehängt«, erklärte Eve. »Ich guck auch weg.« Aber als Alan Audrey küsste, lugte sie doch zwischen den Fingern hindurch.

»Dann sehen wir uns morgen beim Geburtstagsfest«, sagte Alan.

Audrey schloss die Tür und legte Alans Geschenke zu den anderen unterm Weihnachtsbaum. Dann schüttelte sie den Kopf. »Guck dir das an«, sagte sie. »Unsere Jungs haben ein paar Geschenke gemacht und jetzt sieh nur, wie viele sie im Gegenzug erhalten.«

»Harry und Bobby sind nicht die einzigen Menschen, die gelernt haben, wie viel Freude es bereitet, ein Weiser aus dem Morgenland zu sein.«

»Was ist mit dir, Eve? Was willst du mit dem Geschenk meines Vaters machen? Ich hoffe, du glaubst mir jetzt, wenn ich dir sage, dass ich nichts von deinem Geld brauche und will.«

»Ich glaube dir … endlich. Die Predigt heute hat mir gezeigt, dass ich mich wie ein Kind verhalten habe, indem ich versucht habe zu beweisen, dass ich ›gut‹ bin, um mir schöne Geschenke vom Weihnachtsmann zu verdienen. Aber Gott ist kein Weihnachtsmann. Er ist eher wie du und ich und macht seinen Kindern Geschenke, weil er uns liebt. Ich kann mir Vergebung oder einen neuen Ruf nicht verdienen, indem ich viel arbeite, nicht einmal mit all dem Geld, das dein Vater mir geschenkt hat. Vergebung ist ein Geschenk, das wird mir jetzt an Weihnachten ganz deutlich. Gott macht alles neu.«

»Und was ist jetzt mit dir und Tom?«

»Ich glaube, Tom und seine Familie und der Hof – das sind Gottes Geschenke für mich. Und ich habe mich zu sehr geschämt und war zu stur, um sie anzunehmen. Wie dumm ich doch war!«

»Wir haben an diesem Weihnachtsfest beide eine Menge über das Schenken gelernt, nicht wahr?«

Wieder hob der Hund den Kopf und bellte einmal. Und wieder klingelte es an der Tür. Eve und Audrey brachen in Gelächter aus. »Wer kann das denn um diese Uhrzeit sein?«, fragte Eve, als sie zur Tür ging.

»Vielleicht ist es ja der echte Weihnachtsmann. Wir haben keinen Schornstein, wie du weißt. Da muss er ja an der Tür klingeln, oder?«

Eve öffnete die Tür – und davor stand Tom! Er hielt zwei lange, schmale Schachteln in der Hand, eingepackt in Weihnachtspapier. »Ich glaube, die hat Santa Claus versehentlich bei mir abgeliefert«, sagte er. »Das sind Spielzeuggewehre. Jeder Cowboy braucht ein Gewehr. Und sie können mit Korken schießen, aber wenn sie älter sind, bringe ich den beiden gerne bei, mit einem richtigen Gewehr zu schießen. In der Zwischenzeit können sie schon mal lernen, wie man mit einer Waffe umgeht und dass man sie niemals auf einen Menschen richten darf.« Eve sah zu ihm auf und brachte kein Wort heraus. »Eve? Warum weinst du denn?«

»Weil … Harry noch ein Geschenk aus seinem Wünsche-Katalog bekommt – einen Daddy!«

»Bedeutet das etwa …?«

»Ja! Es bedeutet, dass ich *Ja* sage! Frohe Weihnachten, Tom!«

Er ließ die Geschenke fallen und nahm sie fest in seine Arme.

Kapitel 14

25. Dezember

»Mummy! Mummy, wach auf! Es ist Weihnachten!« Audrey öffnete die Augen und sah, dass Bobby vor ihrem Bett stand und sie rüttelte. »Santa Claus war da, Mummy! Wach auf!«

Harry war auf das Bett seiner Mutter geklettert und hüpfte auf und ab, um Eve zu wecken. »Unter unserem Baum liegen ganz viele Geschenke, Mom! Santas Schlitten muss ganz voll gewesen sein!«

»Wart ihr etwa schon im Wohnzimmer?«, fragte Eve müde.

»Wir haben nur kurz reingeguckt«, erwiderte Harry. »Cooper wollte sehen, ob Santa da war, und das war er, Mom! Er war da! Er hat sogar unsere Plätzchen gegessen und die Möhren seinen Rentieren gegeben.«

»Es ist doch noch nicht mal richtig hell draußen«, stöhnte Eve. »Wie spät ist es denn?«

Audrey lächelte, als sie auf ihren Wecker sah. »Zwanzig vor sieben. Aber wir stehen besser auf, Eve. Wir können doch sowieso nicht wieder einschlafen.« Audrey stand auf und zog ihren Morgenmantel über, während Harry weiter auf dem Bett seiner Mutter herumhüpfte.

»Warte, bis du gesehen hast, wie viele Geschenke Santa uns gebracht hat, Mom! Und auf ganz vielen davon steht mein Name!«

»Ich dachte, ihr hättet nur kurz ins Wohnzimmer reingeguckt«, erwiderte Eve. Aber sie lächelte und zog ebenfalls ihren Morgenmantel an.

Was folgte, war eine Explosion aus Bändern und Geschenkpapier und Freudenschreien, als die Jungen ihre Geschenke aufrissen. »Wow! Guck mal! Genau, was ich mir gewünscht habe!«, riefen sie immer wieder. Audrey nahm die Kamera, die sie vor ein paar Monaten gekauft hatte, und versuchte, das Staunen und die Freude in den Gesichtern der Kinder festzuhalten. Besonders freute sie sich über die Reaktionen der beiden, als sie die glänzenden Flugzeuge aus Aluminium sahen. »Der Weihnachtsmann hat sich daran erinnert!«, sagte Bobby. »Er wusste es noch!« Dann drückte er das Flugzeug an seine Brust.

Als das letzte Geschenk ausgepackt war, saßen Bobby und Harry wie kleine Könige auf dem Fußboden, umgeben von ihrem Spielzeug. Sie konnten sich kaum entscheiden, mit welchem sie zuerst spielen sollten. »Das ist das beste Weihnachten in meinem ganzen Leben!«, strahlte Bobby.

»Meins auch«, sagte Audrey leise. Und das war es, und sei es nur, weil sie die Freude ihres Sohnes sah. *So muss unser himmlischer Vater sich fühlen*, dachte sie, *wenn er seinen Kindern gute Gaben schenkt.* Und jetzt war Audrey endlich bereit, seine Geschenke anzunehmen.

»Unsere Spielzeugkiste wird bis oben voll werden«, erklärte Harry stolz.

Bobby zog Harry am Schlafanzugärmel. »Vielleicht können wir den anderen Kindern wieder ein paar Sachen schenken, um Platz zu machen.«

»Genau! Können wir *nach* Weihnachten auch noch Geschenke machen?«

»Natürlich«, erwiderte Eve. »Ich finde, das ist eine großartige Idee.«

Audrey beugte sich zu Eve hinüber und flüsterte: »Sie haben es begriffen, Eve! Ist das nicht wunderbar?«

Am Nachmittag, als es Zeit für die Geburtstagsparty wurde, halfen Harry und Bobby dabei, alle Ballons aufzupusten und den Esstisch zu decken. Die Jungen legten die Geschenke, die sie für die Partygäste gekauft hatten, an die jeweiligen Plätze. Es überraschte Audrey, dass Alan schon vor drei Uhr als Erster eintraf. »Ich wollte sehen, ob ich was helfen kann«, sagte er. Aber die Jungen zogen an ihm, noch bevor er seinen Mantel ausziehen konnte.

»Gucken Sie mal, Mr Hamilton! Santa Claus hat uns alles gebracht, was wir fürs Ferienlager brauchen«, sagte Harry.

»Da ist sogar ein richtiges Taschenmesser drin!«, fügte Bobby hinzu. Alan grinste, während er versuchte, angemessen überrascht zu tun und über die neue Ausrüstung zu staunen, die er selbst gekauft hatte.

Wenige Minuten später hielt Toms Lieferwagen in der Auffahrt. Eve hatte nach ihm Ausschau gehalten und jetzt rannte sie ohne Mantel hinaus, um Tom zu begrüßen. Audrey hatte Tränen in den Augen, als sie beobachtete, wie Eve in seine Arme lief. Tom umarmte sie ganz fest und wiegte sie hin und her. Dann stiegen Grandma und Grandpa Van aus und Eve umarmte die beiden ebenfalls. Audrey sah, wie sie lachten und sich die Tränen abwischten. Kurz darauf kamen sie alle herein und die Jungen packten ihre Geschenke von Tom und seinen Eltern aus – zwei nagelneue Schlitten.

»Jetzt können wir jeder mit einem eigenen Schlitten fahren«, sagte Bobby.

»Ja, um die Wette!«

»Der Weihnachtsmann hat uns die Gewehre gebracht, die wir uns gewünscht haben, Onkel Tom.«

»Bringst du uns bei, wie man damit schießt?«

»Klar, gerne.« Er fuhr mit einer Hand durch Harrys rote Haare. Tom hatte außerdem zwei Geschenke mitgebracht, die er und Alan zusammen mit den Jungen bei ihrem geheimnisvollen Einkaufstrip gekauft hatten.

»Die sind für dich und Harrys Mom«, erklärte Bobby Audrey. »Das war unsere geheime Überraschung.«

»Mach es auf, Mom! Jetzt sofort!«, bettelte Harry.

»Soll ich?«, fragte Eve.

»Ja! Warte ab, bis du siehst, was ich dir gekauft habe! Wir haben ganz viel auf dem Hof geschuftet, um das Geld zu verdienen, und dann habe ich es selbst für dich ausgesucht.«

»Mach du deins auch auf, Mummy«, sagte Bobby zu Audrey, während Eve das Papier von ihrem Geschenk riss. Audrey wickelte ihres vorsichtig aus, als hätte sie vor, das Papier noch einmal zu verwenden, aber eigentlich wollte sie nur diesen wundervollen Augenblick genießen. Sie blickte zu Eve hinüber und sah, dass Harry ihr eine Kette mit einem herzförmigen Medaillon geschenkt hatte.

»Man kann es aufmachen, Mom, und dann kannst du mein Bild reintun.«

»Genau das werde ich machen. Das ist wunderschön, Harry. Das allerschönste Geschenk«, sagte sie und umarmte ihn.

»Wenn du willst, kannst du auch *zwei* Bilder reintun.«

Eve sah Tom an, während sie das Medaillon anlegte. »Ich glaube, ich weiß auch schon, wessen Bild das sein wird.«

Audrey packte ihr Geschenk von Bobby zu Ende aus und staunte, als sie die goldene Puderdose mit den gravierten Blumen auf dem Deckel und dem Spiegel im Innern sah. »Ach du liebe Güte! Die ist wunderschön, Bobby. Danke dir!« Sie zog ihn in ihre Arme und drückte einen Kuss auf seine Stirn.

»Du kannst sie in deine Handtasche tun, wenn du Lippenstift tragen willst. Mr Hamilton hat mir beim Aussuchen geholfen.«

»Das habt ihr beide richtig gut gemacht«, sagte sie und sah zu Alan auf. »Ich werde dieses Geschenk besonders in Ehren halten.«

»Meinst du etwa die Pfadfinderehre?«

»Genau«, lachte Audrey. »Wie ein Pfadfinder.«

»Also, jetzt muss ich noch meine Wette mit Alan klären«, sagte Tom. »Wer von den Jungs hat zuerst aus dem Nähkästchen geplaudert?«

»Und wie lange haben sie es geschafft, das Geheimnis für sich zu behalten?«, fügte Alan hinzu.

»Ein paarmal war es knapp«, erwiderte Audrey. »Aber erstaunlicherweise hat keiner von ihnen etwas verraten.«

Alan lachte. »Dann haben wir wohl beide verloren – oder gewonnen, je nachdem, wie man es betrachtet.«

Nana und Granddad Barrett erschienen als Letzte, die Arme beladen mit noch mehr Geschenken. Nana blickte ganz erstaunt drein, als Cooper sie an der Tür begrüßte. »Du liebe Güte! Hat der Weihnachtsmann euch wirklich einen Hund gebracht?«

»Nein«, sagte Harry kichernd, während er sie umarmte. »Er ist ein geliehener Hund, Nana.«

»Aber wir können ihn immer streicheln und mit ihm spielen und mit ihm Gassi gehen, wenn wir wollen«, fügte Bobby hinzu.

»Ach, hallo, Alan«, sagte Mrs Barrett, als sie ihn entdeckte. »Wie schön, dass du zu diesem besonderen Anlass auch hier bist.« Audrey wünschte, sie hätte ein Foto von dem erfreuten Gesichtsausdruck ihrer Schwiegermutter gemacht.

»Danke, Mrs Barrett. Ich kann mir doch die Geburtstagsfeier für Jesus nicht entgehen lassen.«

Harry und Bobby packten die Geschenke von Nana und Granddad aus und wollten natürlich gleich in ihre Cowboyklamotten schlüpfen. Die Pistolenhalfter legten sie auch an.

»Jetzt bin ich ein richtiger Cowboy!«, erklärte Harry.

»Ich auch!«

Es war Zeit, dass die Party begann. Audrey ging in die Küche, um die Kerzen auf den Kuchen zu stecken, und stellte überrascht fest, dass Mr Barrett ihr folgte, ein eingepacktes Geschenk in der Hand. »Das habe ich für dich gekauft, Audrey, und ich wollte nur sagen … aber mach es erst einmal auf.« Ihre Finger zitterten, als sie das Geschenkpapier entfernte. Sie hatte immer den Eindruck gehabt, dass ihr Schwiegervater weder sie noch ihre Entscheidungen so recht billigte, aber in der Schachtel war ein wunderbares professionelles Stethoskop. »Du bist wirklich eine wunderbare Mutter für deinen Sohn«, sagte er. »Ich bin sehr stolz auf dich. Und ich wünsche dir alles Gute für deinen Beruf als Krankenschwester.«

Audrey ging zu ihm und umarmte ihn. »Danke, Dad. Danke!« Es war das erste Mal, dass sie ihn *Dad* genannt hatte. »Es tut mir wirklich leid, dass ich dein großzügiges Geschenk abgelehnt habe, als du angeboten hast, mein Studium zu bezahlen. Bitte verzeih mir meinen dummen Stolz und dass ich um jeden Preis alles allein schaffen wollte. Ich würde dein Geschenk sehr gerne annehmen.«

»Da gibt es nichts zu verzeihen«, sagte er und tätschelte ihren Rücken. »Wir sind eine Familie. Und jetzt helfe ich dir mit den Kerzen. Das sind ja eine ganze Menge.«

Audrey lachte. »Bobby wollte wissen, wie alt Jesus wird. Wir mussten ihm erklären, dass eintausendneunhunderteinundfünfzig Kerzen zu viel für einen einzigen Kuchen sind.« Als sie fertig waren, trug Mr Barrett die Torte zum Esstisch. Die Erwachsenen setzten sich und Audrey machte ein paar Fotos, während Alan und Tom und Grandma und Grandpa Van und die Barretts ihre Geschenke von Harry und Bobby auspackten. Jedes Geschenk rief erstauntes Lächeln und dankbare Umarmungen für die Jungen hervor. Aber am meisten genoss Audrey die Freude und Erwartung im Gesicht ihres Sohnes, während er allen beim Auspacken zusah. Cooper gefiel sein neuer Ball auch und er knurrte spielerisch, wann immer jemand versuchte, ihm sein Spielzeug wegzunehmen.

»Harry und Bobby haben das Geld für diese Geschenke selbst verdient, indem sie dafür gearbeitet haben«, erklärte Audrey.

»Und wir haben sie selbst ausgesucht und eingepackt«, fügte Bobby hinzu.

»Wir sind richtig stolz auf euch, ihr kleinen Weisen«, sagte Eve.

»Hey, hört mal!«, rief Harry plötzlich. »Wir müssen doch noch ›Happy Birthday‹ für Jesus singen.« Er stellte sich neben den Fernsehschrank, auf dem die Krippe aufgebaut war, und winkte alle herüber. Jesus und die anderen Weihnachtsfiguren waren immer noch von einer lustigen Sammlung aus Cowboys und Pferden und Soldaten umgeben. Auch Mr Potato Head war da, neben Cartoonfiguren aus dem Fernsehen.

»Warum habt ihr denn die Süßigkeiten von der Party im Country Club überall verstreut?«, fragte Eve. Sie trug Toms Ring am Finger und hielt seine Hand.

»Weil alle dem Jesuskind zum Geburtstag Bonbons mitbringen«, erklärte Harry, als wäre das völlig offensichtlich. Die Familie scharte sich um die Krippe und Grandma Van stimmte das Geburtstagslied an.

»Sieh dir nur diese bunte Mischung aus skurrilen Gestalten an, die um die Krippe stehen«, sagte Eve, als sie zu Ende gesungen hatten.

»Aber darum geht es doch gerade, oder nicht?«, erwiderte Audrey. »Alle können zu Jesus kommen.«

»Sogar Mr Potato Head?«, fragte Bobby.

Audrey bückte sich und nahm ihren Sohn in den Arm. »Ja. Sogar Mr Potato Head.«